DIE MEGASCHARFE MAUS VON MILO

ULI
HANNEMANN

DIE MEGASCHARFE MAUS VON MILO

Vierundzwanzig neue Arbeiten
des Herakles

BERLIN VERLAG

Mehr über unsere Autoren und Bücher:
www.berlinverlag.de

MIX
Papier aus verantwortungsvollen Quellen
FSC® C083411

ISBN: 978-3-8270-1285-2

Umschlaggestaltung: ZERO Werbeagentur München
Typografie: Birgit Thiel
Gesetzt aus der Amasis und der Dirtyhouse von Fagott, Ffm
Druck und Bindung: CPI books GmbH, Leck
Printed in Germany

»Ist doch die Zunge des Menschen gelenk und
an allerlei Reden reich, und endlos erstreckt
sich umher das Gefilde der Worte.«

(Homer)

PRAELUDIUM:

Die Ulias
(von Humor)

Am tausendsten Tage des Kampfes
Tränkt Blut die Ebene von Pistazien.
Der tapfere Vector mit seinem Pfeile aus gehärtet
Schnabelholz
Durchbohrt den Intrigen Ixos.
Mit einem Schuss seiner ehernen Nille
Zerschmettert er dem Amorphos von Algebra
Den Helm.
Hirn rinnt in den Fluss Pangasius.
Spießt den Boliden Pankreas mit scharfer Pinzette,
Enthauptet den Propyläen Pythagoras,
Bruder des Perplex, Sohn des Perfides.
Dazu mit einem Streiche die sieben Söhne
Des Mieders Meningitis.
Blutig trieft das Erz, die Trojaner jubeln.
Da kömmet herbeigeeilt auf vierspänn'gem
Streitwagen
Der furchtbare Virer Aggrogides,
König von Chlamydien,
Herrscher über Penis und Pergola,
Lyrer von Leikos,
Zu rächen die sieben Knaben des fürstlichen Freundes.
Vor dem Wagen die vier fleischfressenden Rappen
von Rhodos,

Zwei wollen nach links und zwei wollen nach rechts,
(Ist halt ein Streitwagen, bruharhar, kleiner
Scherz ...)
Geradeaus donnert
Des Edlen Gefährt zu auf Vector,
Den Unverwundbaren, hieb und stichfest gemacht
Von der Zauberin Anastasias heiliger Feuerschorle.
Nur eine Stelle an der linken Arschbacke
Nicht imprägniert,
Genau dahinein trifft des Aggrogides Geschoss.
Pussygleich aufjaulet Vector,
Fest umklammert den uralten Stoffbären
Phonotheides,
Geschenk seiner Großtante Gabi von Göttingen.
Schwarzes Blut schießt rauchend aus klaffender
Wunde
Im Popo. Und stirbt.
Die Virer jubeln.
Dann wieder die Trojaner.
Dann die Virer.
So wendet sich stündlich das Schlachtenglück.
Von den Zinnen Pistaziens herab blickt
schreckgeweiteten Ohres
Die schöne Vagina,
Tochter des Herpes und der Hypothenuse,
Geraubt vom liederlich kühnen Taramas,
Jüngster Bruder des unglücklichen Vectors,
Und zagt um ihren Einsatz:
Die Quote 2,85 für 1,
Auswärtssieg.

PROLOGOS

Es war keine gute Zeit für Griechenland. Die Drachme verfiel zusehends. Troja drohte, die Währungsunion zu verlassen, die Perser forderten den Peloponnes, um in dem Ferienparadies ihre Flotte zu stationieren, und jeden Tag gab es ein Dutzend Erdbeben. Man hatte das Gefühl, dass die Götter verrückt sein mussten, und das waren sie wohl auch.

Auf Erden also unfähige und grausame Könige, denen auf dem Olymp wiederum durchgeknallte Götter vorstanden, deren oberster, Zeus, der schlimmste von allen war. Notgeil, jähzornig und im Gegensatz zu Hitler noch nicht mal Vegetarier. Die junge Zivilisation schien schon jetzt zu einem Tollhaus zu verkommen.

Kein Wunder, dass unter diesen Umständen rechtsradikale Gruppierungen aus dem Boden schossen wie Giftpilze. Deren mächtigste war die »Goldene Morgenlatte«. An jede antike Säule zwischen Thessaloniki und Iraklion plakatierten sie, *Griechenland den Griechen, Eure Götter sind nicht unsere Götter* oder *Erhebt euch mit der Goldenen Morgenlatte.*

Dabei gab es kaum Fremde im Land. Allenfalls mal ein verirrter Kelte, persische Profiringer und ein paar Sumerer (eigentlich sagte man »Babylonier«, stritt sich aber, ob das pc wäre, weil der Ausdruck implizierte, dass sie nicht richtig sprechen konnten – für die Leute von der Goldenen Morgenlatte waren sie hingegen schlicht »Kanaken«). Vor allem aber nahm keiner von ihnen, wie die Rechten stets behaupteten, »den Griechen die Arbeitsplätze weg«. Zumindest keine bezahlten, denn die Ausländer waren in der Regel Sklaven.

Dem Eurystheus, König von Mykene, war der Wahlkampf völlig schnuppe. Der hatte ohnehin keinerlei Konsequenzen. Ob Chaospraktiker, organisierte Hermaphroditen und Prädemokraten hier oder Goldene Morgenlatte, Silberne Morgenlatte und Gar Keine Morgenlatte dort: Er war der König und er blieb der König. So hatten es »die Götter verfügt«, wie er sein perfekt ineinandergreifendes Geflecht aus Überwachung, Einschüchterung und Korruption umschrieb.

Außer den Sklaven gab es im ganzen Land nur eine einzige Person, die ohne jede Entlohnung ackerte. Dafür besaß der arme Idiot ein auf vierundzwanzig Jahre befristetes Anstellungsverhältnis, und zwar bei ebenjenem Eurystheus, der auch noch sein Cousin zweiten Grades war. Der Name des Idioten war Herakles von Theben, ein, trotz diverser psychosomatischer Gebrechen, liebenswerter Halbgott.

Einer dieser Makel war sein schier unglaublicher Jähzorn. Manchmal genügte es, dass nur irgendwo eine Stecknadel zu Boden fiel, und er raste, schrie und tobte. Der Boden, auf den die Stecknadel gefallen war, musste daraufhin auf tausend Morgen Fläche im Stück herausgerissen und verbrannt werden. Und selbst dann schrie er noch weiter. So nahm es nicht wunder, dass er eines Tages seine Frau Megara und die drei gemeinsamen Kinder erschlug und kopfüber in die Biotonne stopfte.

Deutlich ruhiger geworden, saß er wenig später auf der Anklagebank im Nachbar~~kaff~~staat Mykene und wunderte sich nicht übel über sich selbst. Au wei, das konnte schlimm ausgehen: Aus irgendwelchen an den Haaren herbeigezogenen Gründen würde man ihm das dumme Missgeschick vielleicht sogar als Mord (!) auslegen. Den Rechtsverdrehern war im Grunde alles zuzutrauen.

Er hatte sich zwar damit gerechtfertigt, dass jemand auf der Treppe plötzlich das Licht ausgeschaltet und er Frau und Kinder im Dunkeln mit Einbrechern verwechselt habe, besonders perfiden gar, die ihre Stimmen so verstellten, dass sie täuschend echt wie Kinder klangen, die laut »Papi, nicht! Wir sind's doch, Papi!« und »Mami, Mami!« weinten, doch damit kam er nicht wirklich durch. Dabei hatte tatsächlich jemand das Licht ausgeschaltet, aber nicht auf der Treppe, sondern in des Herakles Kopf. Und bei diesem gewissen Jemand handelte es sich auch noch um Zeus' Göttergattin Hera, die irgendetwas gegen ihn zu haben schien.

Das war natürlich Pech. Doch sein Glück im Unglück war ein leichter Promi-Bonus. Denn er selber war ja auch nicht irgendwer, sondern ein Sohn ~~von Uschi Glas~~ des Zeus und damit Halbgott. Das war zwar kein richtiger Beruf, aber doch ein nützlicher Status. In seiner Geburtsstadt Theben wurde er auf der Straße erkannt, nicht selten gab es in den Kafeneions der Stadt einen Frappé aufs Haus, bei der Besichtigung eines Rinderstalles oder einem Spaziergang in den Styx-Auen sprachen ihn die Leute an und baten ihn um Autogramme.

Entsprechend gewogen zeigte sich das Gericht. Von

»schwerer Kindheit« über »Notwehr« bis hin zu »Blackout« versuchte es alles, um den Angeklagten seiner Tatverantwortung zu entheben. Zupass kam ihm auch, dass das einzige erwachsene Opfer eine Frau war. Und zwar keine Göttin oder stadtbekannte Quellnymphe, sondern nur eine gewöhnliche Sachbearbeiterin in der Fuhrwerkszulassungsstelle Theben. Megara. Nach der würde kein Hahn lange krähen. Gut, ihr Vater Kreon vielleicht, der König von Theben, doch Gerichtsstand war Mykene. Und so reduzierte sich der Schuldspruch schließlich auf: »fahrlässiger Irrtum im Dunkeln in einem besonders schweren Fall«. Herakles atmete auf.

Doch zu früh. Das Strafmaß war noch nicht verkündet. Zur Entscheidungsfindung schickte der Richter die Schöffen zum Orakel nach Delphi, wo man Logik seit je für den Namen eines Kinderspielzeugs hielt.

Mit entsprechendem Ergebnis kamen die Laienrichter auch zurück: Sozialstunden. Na ja, »Stunden« war nicht ganz der passende Ausdruck. »Sozialjahre« hätte es besser getroffen. Aber es war eben auch ein »besonders schwerer Fall«. Das Urteil umfasste vierundzwanzig Arbeiten, die über einen Zeitraum von vierundzwanzig Jahren ausgeführt werden mussten. Obwohl einige der Prüfungen wie »Beim Cholerischen Quatschkopp klingeln und einfach wegrennen« auf den ersten Blick nur Sekunden in Anspruch nehmen würden, musste man sie ja auch noch ordentlich protokollieren, vor- und nachbereiten. Dieser Aufwand war keinesfalls zu unterschätzen.

Auffällig an den Arbeiten war, dass sie sämtlich von Eurystheus in Auftrag gegeben wurden. So einiges fügte sich auf einmal hin zum ganzen Bilde: Eurystheus war ja der König und stand dem Gericht sowohl als Richter wie auch als Staatsanwalt vor. Endlich war sogar Herakles klar, warum beide eine Krone trugen. Er maulte noch kurz etwas von unzulässiger Verquickung privater und öffentlicher Interessen. Geschenkt. Der Deal stand.

Die vierundzwanzig Arbeiten des Herakles

Dem Anämischen Löwen ein Bein stellen

Die erste Arbeit, die Eurystheus seinem Gratisknecht auftrug, hatte es gleich ordentlich in sich. »Eine harte Nuss«, wie Eichhörnchen und Mathematiker sie unisono kategorisieren würden. Der Einsatzort lag eine Wochenreise entfernt, was im Vergleich zu kommenden Arbeiten allerdings noch ein Katzensprung war.

Der Anämische Löwe war ein Riesenarschloch, nur traute sich das zwischen Olymp und Hades keiner auch nur laut zu denken. Stattdessen einigte man sich auf eine Sprachregelung, die von vergiftetem Lob à la »Halt ein Typ mit Ecken und Kanten«, »Einer, der ehrlich sagt, was er denkt« oder »Wunderbar eigenwilliger Kerl« nur so troff. In Wahrheit ging er jedem mit seiner Wehleidigkeit unendlich auf den Sack. Seine tatsächlich diagnostizierte leichte Blutarmut machte ihn dabei noch unleidlicher, als er es ohnehin schon gewesen wäre. Den Wisch mit seinen Blutwerten trug er wie einen Freibrief zum Nervtöten für alle sichtbar in einer Klarsichtfolie um den Hals.

Zu sehen, wie er sich theatralisch die Tatze vor die Stirn schlug und hauchend eine Ohnmacht ankündigte, brachte jeden Beobachter dieser abgeschmackten Show zur Weißglut. Denn der Löwe wusste, ähnlich wie seine Cousine, die Migräne von Myrtha, jede konstruktive Kommunikation bereits im Keim zu ersticken. Immer nur ging es um ihn und um seine angebliche Krankheit oder seine Sammlung kleiner Porzellanpüppchen, das einzige Thema, das er abseits seines Gesundheitszustands gelten ließ. Er war eine grauenhafte Diva, die von jedermann und in jeder Lebenslage Rücksicht erwartete, sich selbst jedoch verhielt wie die Axt im Walde. Zwar war er schwach auf der Brust, doch stark mit der Klappe. Manchmal, wenn ihm danach war, setzte er sich in einen Rollstuhl und ließ sich in seiner Heimatstadt Anäma die steilen Gassen hochschieben. An manchen Stellen betrug die Steigung fast achtzehn Prozent. Dabei kommandierte er launig »Hau ruck« oder »Schneller« und schlug mit seinem dreckigen langen Schweif scheinbar unabsichtlich nach dem Helfer. Die blutigen, an den Rändern mit Kot verschmutzten Striemen infizierten sich häufig und heilten schlecht. Zivildienststelle und Himmelfahrtskommando waren in Anäma eins.

Gegen Mittag des achten Tages traf Herakles auf der Fuhrwerksstation nahe dem kommunalen Elefantenfriedhof ein und begab sich zum nächsten Kiosk. Er hatte noch etwas Zeit, denn der Anämische Löwe war erfahrungsgemäß noch nicht mal aufgestanden.

»Eine Amphore alkoholfreien Retsina und eine *Mykener Morgenpost* bitte.«

»Wir haben hier leider nur den *Anämischen Anzeiger.*«

»Dann eben den. Danke.«

Auf einer Parkbank blätterte Herakles lustlos in der Lokalzeitung. Die Artikel wirkten ziemlich blutleer. Eine Abbildung der Porzellanpüppchensammlung des Anämischen Löwen. Das jüngste Bulletin seiner Schamanen,

Wunderheiler und Physiotherapeuten, verbunden mit den »wärmsten Genesungswünschen der gesamten Redaktion«. Ein zweites Bild mit den Porzellanpüppchen des Löwen von hinten.

Endlich aber war die Zeit gekommen, da der Löwe auf seiner täglichen Mitleidstour auch jenen Park durchquerte, in dem Herakles auf ihn wartete. Schon von Weitem kündigte der Jammerlappen durch lautes Ächzen und Stöhnen seine Ankunft an. Gegen sein gottserbärmliches Gewinsel erschien selbst der Heulende Hypochonder von Hymen wie ein echter Indianer. Vor ihm her rannte eine Horde von Mitbürgern, Frauen und Männer, Junge und Alte, Edelleute, Handwerker und Soldaten. Sie alle flohen vor der Gefahr, den Rollstuhl schieben zu müssen.

Nur Herakles blieb seelenruhig sitzen.

Als der Anämische Löwe seiner gewahr wurde, ließ er ein triumphales Gejaul vom Stapel. »Schieb mich den Berg hoch«, befahl er barsch. »Ich bin sehr, sehr krank!«

Im klassischen Altertum hatte man keine Wahl – das wusste der Löwe natürlich. Die Götter hatten die unbedingte Pflicht zur Barmherzigkeit gegenüber Greisen, Krüppeln und Siechen ausgerufen. Auch wenn sie sich wie üblich selber nicht daran hielten: Es galt das heilige Gebot der Mildtätigkeit. Das war nicht wie heute, da man die Alten und Schwachen auf eine Müllkippe des Pflegenotstands verfrachtet, wo sich Geier und Marabu als private Betreiber die letzten verwertbaren Reste – Sparguthaben, Wertpapiere, Schmuck – aus dem Elend herauspicken.

In der Antike war die einzige Möglichkeit, dem Schlamassel zu gewährleistender Fürsorge zu entkommen, noch kränker zu sein als der angeblich Hilfsbedürftige. Daraus ergab sich ein erniedrigender Wettstreit der eingebildeten Kranken, der zu einer fratzenhaften Persiflierung des paralympischen Gedankens führte.

Das war auch die Karte, die Herakles zu spielen gedachte. Er hub soeben zu einer Antwort an, als eine abgerissene Gestalt aus dem Gebüsch brach und die beiden verwirrt anblinzelte. Jeder kannte ihn: Es war Odysseus, ein völlig verpeilter Stromer, der nie wusste, wo er war und wo er hinwollte. Meist brabbelte er in endlosen Selbstgesprächen leise vor sich hin, nur zwischendurch polterten mal ein paar Phrasen laut aus ihm heraus. Schwer zu verstehen, wie alles andere auch, doch es klang so ähnlich wie: »Mein Haus, meine Insel, meine Frau.«

»Sag mal«, bat ihn Herakles nach außen hin ruhig, doch innerlich angespannt. »Kannst du uns beide bitte mal kurz in Ruhe lassen? Wir haben hier was zu klären. Geht das, ja? Meinst du, das geht?«

Odysseus blickte stumm zu Boden. Hätte man es nicht besser gewusst, hätte man glauben können, dass er angestrengt nachdachte. Ohne ein Wort verschwand er schließlich wieder.

»Ich bin noch kränker als du.« Herakles zog nun endlich seinen Trumpf aus der Tasche: ein zusammenphantasiertes Attest, das von ~~Müller-Wohlfahrt~~ Äskulap, dem Gott der Heilkunst, persönlich stammte. Beziehungen musste man eben haben oder zumindest wissen, wer gern einen geblasen bekam. »Ich leide an chronischer *Ejaculatio Praecox*. Streng genommen dürfte ich nur noch liegen.«

Der Anämische Löwe wusste genauso wenig wie Herakles, was diese Diagnose bedeutete, und wurde ob der gefährlich klingenden Malaise seines Gegenübers grün vor Neid. In seinem blinden Zorn vergaß er sich und schnellte wie ein Springteufel aus dem Rollstuhl.

Auf diesen Moment hatte Herakles gewartet. Blitzschnell eilte er hinzu und stellte dem Schwächling ein Bein. Der Löwe fiel hart auf die Fresse und fing sofort an, fürchterlich zu plärren.

»Jetzt *biste* krank«, spottete der Halbgott. »Jetzt *kannste* weinen. Und hier …« Er ließ den *Anämischen Anzeiger* auf den Kopf des Gestürzten fallen, wo das Presseorgan krachend in tausend Stücke zersprang. »… haste noch was zu lesen. Das ist ja immer ganz schön, wenn man krank ist. Gute Nacht und gute Besserung!«

Beflügelt machte er sich auf den Weg zurück zur Fuhrwerksstation.

Dem Pyknischen Wagenlenker an den Karren fahren

Herakles nahm den Einkaufszettel in die Hand und las: »Ei. Blut. Kakao ...« Er stutzte: »Wieso eigentlich Blut?«

»Der König von Sparta kommt am Samstag mit seinem Gefolge zum Abendessen. Und die Spinner vertragen ja im Grunde nichts anderes. Wenn die irgendwas essen, wo kein Blut drin ist, kriegen sie sofort Megablähungen. Dann kann ich hinterher den Palast neu tapezieren. Nein danke.«

Herakles fand Eurystheus' Bemerkung respektlos gegenüber dessen Gästen. Er selber mochte die Spartaner und fand, sie waren ihm irgendwie ähnlich mit ihrem stets leicht wehmütigen Blick in die Ferne, der Klugheit und stillen Schmerz verriet. Mit ihrer Wortkargheit. Mit ihrer entschlossenen Grausamkeit gegen den Feind, die nun mal ein notwendiges Übel war, um die Welt zu verbessern und vom Unrat zu befreien. Und natürlich hasste er es auch, von seinem Dienstherrn zwischen den eigentlichen Arbeiten noch zusätzlich für banale Botengänge herangezogen zu werden.

Doch Widerspruch war zwecklos. »Ein lupenreiner Demokrat«: Das war das allgemeine Urteil der Experten über den König von Mykene. Wen auch immer man fragte, ob seine Königskollegen wie den Kotzbrocken von Karpathos und den Argbold von Anthrazyt, oder ob Ares, den

Gott des Gemetzels, sie alle wussten nur Lobendes über Eurystheus' Regierungsstil zu sagen. Klar gab es auch ein paar Oppositionelle. Aber das waren aufrührerische Tröpfe, die zum Schutze des Volkes und sicher auch zu ihrem eigenen Besten im Kerker darbten, und zwar dort, wo er am tiefsten war.

Nach Herakles' Einschätzung konnte Eurystheus nur bestimmen, delegieren und verurteilen. Damit hatte sich das Portfolio seiner Fähigkeiten schon erschöpft. Dennoch standen in Mykene die Statuen an jeder Ecke: Eurystheus mit nacktem Oberkörper hoch zu Ross. Eurystheus mit nacktem Oberkörper ringt mit einem Löwen. Eurystheus mit nacktem Oberkörper bringt zwei Adlerküken das Fliegen bei und hilft ihnen dann noch bei den Hausaufgaben. Natürlich stilisierte die künstlerische Freiheit – besser noch: der künstlerische Überlebensdrang – zu einem feuchten Traum, was in natura eher einem rachitischen Hähnchen glich.

Mit grimmiger Miene stapfte der Halbgott über den Wochenmarkt und verrichtete seine Besorgungen. Nachdem er sie im Palast abgeliefert hatte, machte er sich mit einem spezialgefertigten Rennfuhrwerk endlich auf nach Pyknien.

Dort angekommen, fragte er einen Passanten nach dem Weg zur Rennstrecke. »Entschuldigung – wo geht's denn hier zum Start?«

»Keine Ahnung«, antwortete der und grinste dämlich, »ich weiß, dass ich nichts weiß.« Erst an dieser hohlen Phrase erkannte ihn Herakles: Vor ihm stand Sokrates, ein berühmter Spaßvogel und Philosoph – das war damals nicht nur kein Widerspruch, sondern ein und dasselbe. Einengende Schubladen heutiger Denkungsweise bildeten sich erst später mit Hunnen, Goten und Vandalen heraus.

»Geht 'ne Frau zum Gynaikologos …«, begann der Komiker nunmehr munter loszuschwatzen. Vor Jahren hatte er mal eine Witzesammlung herausgebracht, die berühmten *Zellophanischen Zoten*, und lebte seitdem recht gut von den Tantiemen.

»Lass gut sein.« Herakles seufzte resigniert. Bereits bei seiner zweiten Arbeit bekam er einen Vorgeschmack auf das, was ihn fürderhin erwarten sollte: Anstatt ihn nach Kräften zu unterstützen, würde man ihm allerorten Knüppel zwischen die Beine werfen, schale Witze auf seine Kosten machen und seiner ambitionierten Aufgabe mit Ignoranz begegnen. Besser, er gewöhnte sich schnell daran.

Der Festplatz, auf dem das Wagenrennen beginnen sollte, war zum Glück auch ohne Hilfe leicht zu finden. Die ganze Welt schien darauf zuzuströmen. Herakles schloss sich der Menge an und holte sich im Organisationstempel seine Startnummer ab.

Mit seinem Fuhrwerk reihte er sich in die Formation der wartenden Rennteilnehmer ein und beäugte die Konkurrenz aus dem Augenwinkel. Links neben ihm scharrte ein herrischer Hermaphrodit mit den Hufen seiner Pferde: der Propyläe Pythagoras, Sohn des Perfides und Tochter der Kamasutra. Rechts knabberte der Sensible Saftsack von Syphilis an seinen Fingernägeln. Unter vielen anderen erwarteten auch der Lümmel von Lykien, der Kormoran von Kantor und der Flinke Fötus von Fanx, ein beachtenswerter Nachwuchsstar, den Startschuss. Doch ganz außen lauerte siegesgewiss der Lokalmatador: der unschlagbare Pyknische Wagenlenker.

Was die Kunst des Wagenlenkens betraf, hatten die Götter die große Gießkanne mit dem Talent fast vollständig über Pyknien ausgeschüttet. Für die anderen Völker blieben da gerade ein paar Tropfen. Scherzhaft wurde behauptet, die pyknischen Kinder würden bereits mit Rädern statt Beinen geboren. Ein Körnchen Wahrheit enthielt die Redensart sogar: Die Pykner waren durch die Bank von rundlicher Gestalt, sodass selbst ihr Schritt ein wenig einem Rollen glich.

Noch nie war es einem Auswärtigen gelungen, den »Großen Preis von Pyknien« zu gewinnen. Zu deutlich war die Überlegenheit der Einheimischen. Und geriet deren Sieg dann ausnahmsweise doch mal in Gefahr, so halfen Schiedsrichter, fanatische Zuschauer oder die Gundula.

Das Schnalzen des Startkatapults eröffnete das Rennen. Vom Start weg inszenierte Herakles einen Ausreißversuch. Der Pyknische Wagenlenker ließ ihn ungehindert ziehen. Verächtlich kicherte er in sich hinein: Dem Fremden würde bald die Luft ausgehen, führte dieser doch törichterweise auch noch einen schweren Anhänger im Schlepptau.

Schnell hatte Herakles eine beachtliche Strecke Weges zwischen sich und die anderen Fahrer gelegt. Dass das keine ökonomische Rennaufteilung war, war ihm schnuppe, denn zu gewinnen war ja nicht sein Auftrag. Er verfolgte einen anderen Plan, der einen solchen Frühspurt nun mal erforderte.

Als es bergauf ging, schaltete Herakles einen Gang herunter: Er hielt kurz, öffnete die Klappe des Hängers, trieb die dort schon ungeduldig trippelnden, zähen Schneeponys, ein Mitbringsel seines ehemaligen Austauschschülers Thoralf Gulbrandsson aus Thebens lappländischer Partnergemeinde Kaurismakkilainenpoppanttalä, nach vorne und spannte sie anstelle der großrahmigen Araberhengste ein, die für die Dauer der Steigung nunmehr auf dem Hänger rasten durften. Den Trick hatte sonst keiner drauf. Der verschaffte ihm einen wichtigen Vorteil: die erste Gangschaltung beim ersten Boxen-Stopp der Menschheitsgeschichte.

Trapp, trapp, trapp. Mit kleiner Übersetzung erklommen die Ponys scheinbar mühelos die Höhe. Oben angekommen, bremste Herakles erneut und blickte auf die klobige Sonnenuhr an seinem Handgelenk: In etwa zehn Minuten dürfte der Pykner an der Spitze des Verfolgerfeldes eintreffen. Links und rechts ragten schroffe Felswände empor. Dieser Engpass wäre ideal, um den Widersacher abzupassen und ihm an den Karren zu fahren.

Da hallte ein grässliches Kreischen durch die schmale Schlucht. Herakles erbleichte: die Gundula! Die hatte er ganz vergessen.

Die Gundula war ein grauenhaftes Ungeheuer, eine Mischung aus Hase und Hausdrache. Sie konnte Feuer spucken und sehr weit hopsen. In kürzester Zeit würde sie hier sein. Vielleicht wäre er besser doch nicht alleine so weit vorgefahren.

Herakles scharte sich beschützend um die Ponys. Das war nicht einfach, denn die Ponys waren vier und er war nur einer. Doch er war nun mal ein großer Tierfreund. Hätte damals schon die Evolutionstheorie existiert, die den Menschen auch nur als eine Tierart unter vielen sieht, hätte er bestimmt nicht halb so viele Leute umgebracht.

Hops, hops, hops. Innerhalb von Sekundenbruchteilen überwand die Gundula sieben Meilen und stand brüllend vor unserem Helden. Natürlich spuckte sie nun auch Feuer, eh klar, das volle Programm. Herakles wusste sich nicht anders zu helfen, als behände an ihr hochzuklettern und ihr das Hörgerät aus dem Ohr zu reißen. Damit hatte sie nicht gerechnet, das hatte sie noch nie erlebt. Sie war vollkommen verwirrt und hilflos. Ihr letzter akustischer Eindruck blieb ein langgezogener Piepton.

Herakles schallerte ihr so lange abwechselnd links und rechts eine, bis ihr nach dem Hören auch das Sehen so gründlich vergangen war wie ein belangloser Traum, den man schon vor dem Erwachen wieder vergessen hat. Am Ende war sie so betäubt, dass sie sich sogar dafür bedankte, dass wenigstens das Hörgerät heil geblieben war. Anschließend verzog sie sich leise wimmernd und fauchend.

Vor Freude über den Triumph tanzten Herakles und die Ponys miteinander Ringelreihen. Doch eben noch rechtzeitig erinnerte er sich an seine Arbeit. Er war schließlich nicht hergekommen, um Ungeheuer zu verkloppen – für so etwas war der Kammergroßjäger zuständig. Er aber hatte damit viereinhalb Minuten seiner wertvollen Zeit vergeudet und weitere zweiunddreißig Sekunden mit dem Jubeltanz. Zeit, die er dringend benötigte, um dem Pyknischen Wagenlenker einen Hinterhalt zu legen.

Rasch wechselte er erneut die Pferde. Die Vollblüter waren schneller und besaßen in der Ebene mehr Wucht. Er zog sein Gefährt zurück in einen Spalt, den ein saisonaler Bergbach in den Fels gewaschen hatte, und verbarg das Gespann zur Straße hin mit Zweigen.

Im nächsten Moment bog bereits der Pyknische Wagenlenker um die Ecke. Die Rosse glänzten vor Schweiß, der Wagen blitzte in der Sonne und der Lenker selber war ein Ausbund an Kraft, Eleganz und Rundlichkeit. Die Peitsche knallte, des Fahrers Halsschlagader schwoll armdick an im Eifer seiner Aufholjagd. Es war ein herrliches Bild – Herakles kam nicht umhin, sich das insgeheim zuzugestehen. Kurzzeitig bemächtigte sich ein nie gekanntes Sehnen seiner Lenden.

Doch auch jetzt besann er sich noch eben seiner Pflichten. Er war hier nicht in der Schwulensauna. Was er bewunderte, stand nicht zur Debatte – im Gegenteil: Das Objekt der Bewunderung musste unbedingt vernichtet werden.

Mit einem lauten Schrei verließ er die Deckung, donnerte mit seinem Fuhrwerk auf den Pyknischen Wagenlenker zu und fuhr ihm mit einer Heftigkeit an den Karren, von deren Ausmaß er selbst überrascht war. Die Kiste des Dicken zersplitterte in winzig kleine Holz-, Metall- und Lederpartikel, sein Gespann zerlegte sich in rosinengroße Pferdebuletten, ehe einer der Gäule auch nur um Hilfe wiehern konnte.

Der Pyknische Wagenlenker selbst zerplatzte in winzig kleine Fetzen. Bei der Identifizierung konnte nicht mal mehr das Zahnschema helfen.

»32. Großer Preis von Pyknien«.
Offizielle Ergebnisliste:

1. Der Flinke Fötus von Fanx
(Team Tsipras)
2. Der Mieder Meningitis
(Hellas Telecom)
3. Ben Hur
(Stall Ostwind)
…
…
154. u. a. Herakles von Theben
(Rennstall Eurystheus, disqualifiziert)

Der Pyknische Wagenlenker
(Team Pyknien, geplatzt)

Dem Koch von Syrakus in die Suppe spucken

Bei dieser Arbeit erwartete ihn das erste Hindernis schon vor der Anreise. Die Rudersklaven streikten für eine Siebenunddreißigeinhalb-Schlägewoche, und Herakles musste umdisponieren. Theoretisch hätte er zu Fuß übers Meer gelangen können, doch dem stand seine Eitelkeit entgegen. Denn Menschen, die übers Wasser laufen wollen, gehen beim ersten Schritt unter, Götter flitzen leicht darüber hinweg, und bei Halbgöttern liegt die Befähigung naturgemäß dazwischen. So bot Herakles beim Wassermarsch stets das Bild eines Adipositas-Patienten, der im Kurpark fluchend und schnaufend durchs Kneipp-Becken watschelt. Die Fische lachten ihn aus. Manche gar so sehr, dass sie zu viel Wasser schluckten und ertranken.

Ganz allgemein war es höchst beschwerlich, von A nach B zu kommen. Nach C ging schon gleich gar nicht, das konnte man sich von vornherein abschminken. Die Schiffe, die Fuhrwerke, die Wege, die Straßen und selbst die Füße waren unsicher. Die Leute latschten in einer Art Flipflops aus Ziegenleder oder Palmfasern über Stock und Stein. Fliegen war noch gefährlicher und dazu teuer: Es kostete durch die Bank das Leben. Zwei kretische Flugpioniere hatten diesen überhöhten Einheitspreis für das Hinflugticket etabliert und zugleich auch bis auf Weiteres die Frage nach dem Rückflug geklärt.

Als Halbgott stürzte sich Herakles zwar nicht direkt zu Tode, doch schon gegen seine Startversuche war ein Albatros die reinste Ballerina. Und da er es hasste, ausgelacht zu werden, entschied er sich am Ende für ein unauffälliges Amphibienfahrzeug, das von vierzehn Nilpferden gezogen wurde. Ein günstiges Last-Minute-Angebot machte den Mietpreis eben noch erschwinglich.

Als sich Herakles nach mehrmonatiger Fahrt der sizilianischen Küste näherte, erblickte er schon aus der Ferne das *Trois Terrines*: Das Feinschmeckerlokal des Kochs von Syrakus lag in absoluter Spitzenlage über der alten Hafenmauer. Es galt als letzter Schrei der Nouvelle Cuisine und wohl aufregendste Neuentdeckung des klassischen Altertums noch vor dem Konzept-Spartaner *Dürrer Hering*.

Nur in einer angemessenen Besternung hatte all der Ruhm bislang noch keinen Niederschlag gefunden. Das hatte womöglich Gründe im persönlichen Bereich. Der Koch von Syrakus war als superarroganter Küchennerd verschrien, der sein Personal schikanierte, missliebige Gastrokritiker keulte und sich selber für den Allergrößten hielt. Respektive seine Küche, die mit griechisch-römischer Fusion unter gallischem Einfluss nur unzureichend beschrieben war.

Dennoch brachte Herakles durchaus Sympathien für des Koches vormalige Entscheidung auf, Eurystheus mitten im Hauptgang – Wachtelleber an Mangojus mit Maulbeergnocchis – am Kragen zu packen, quer durch den Gastraum zu schleifen und mit einem saftigen Tritt in den Allerwertesten aus dem Lokal zu befördern, nachdem dieser in reichlich unverschämtem Ton nach Ketchup gefragt hatte.

Aber seine Privatmeinung war hier nicht gefragt. Er konnte die Dinge trennen, und sein Auftraggeber hieß nun mal Eurystheus und nicht Günther Guterstil, Gesine Gesundermenschenverstand oder Amnesty International. Und da der Koch von Syrakus bei aller Abneigung gegen Kritiker sehr eitel war und für seine Kunst nach höchsten Weihen gierte, hatte Herakles auch einen Plan, wie ihm gehörig eins auszuwischen wäre.

Mit ein paar Tupfern Handwerkshonig klebte er drei Sterne aus Katzengold neben die Eingangstür. Anschließend betrat er das Edelrestaurant und bestellte dem Empfangssklaven, er wünsche den Besitzer zu sprechen. Der kam auch tatsächlich aus seiner Kombüse gehuscht, knurrte jedoch, er habe äußerst wenig Zeit.

»Wir sind vom renommierten Magazin *Patatasalata*«, stellte sich Herakles vor, »und haben einstimmig beschlossen, das *Trois Terrines* als erstes Lokal der antiken Welt mit drei Sternen auszuzeichnen.« Zum besseren Verständnis sei an dieser Stelle hinzugefügt, dass damals grundsätzlich nie mehr als zwei Sterne verliehen wurden. Angesichts der allgemein mangelnden Hygiene, fehlenden Kühlung und lustloser Servicesklaven lässt sich das nachvollziehen.

Der Koch von Syrakus schrak freudig zusammen. Sein langgehegter Wunsch schien endlich in Erfüllung zu gehen. »Wer ist ›wir‹?«, brachte er gerade mal heraus. »Ich sehe hier nur dich.«

»Deshalb ja auch einstimmig«, zerstreute Herakles schlau des Koches letzte Zweifel.

Dieser rannte, obwohl in der Küche ein Kessel voll mit Schwarzmauslinsensuppe brodelte, nun in überbordender Vorfreude zur Türe seines Gastbetriebs hinaus, um die Worte des Boten auf ihren Wahrheitsgehalt hin zu überprüfen.

Jener, wiederum nicht faul, huschte in die unbewachte Küche, und was dort geschah, ist in all seinen Einzelheiten so schwer erträglich, dass wir den Empfindsameren unter uns dringend den Rat geben möchten, die nun folgenden Zeilen über die Länge von etwa einer Handbreit Text mit einem geeigneten Gegenstand abzudecken, bis die Aufforderung zum gefahrlosen Weiterlesen erfolgt. Dem ökonomisch orientierten Leser geben wir zu bedenken, dass durch Beachten dieser Sicherheitsmaßnahme nur ein winziger Teil des Buchkaufpreises hergeschenkt wird. Dafür winkt ein gigantischer Zugewinn an Lebensqualität gegenüber der Vergleichsgruppe der Unvorsichtigen. Deren Dasein nämlich bleibt hinfort durchsetzt von traumatischen Triggern wie »Suppe«, »Koch« oder überhaupt nur »Essen« und gleicht einem nie enden wollenden Fiebertraum aus immer wiederkehrenden Spukbildern. Der von nun an sämtliche Lebensbereiche, Körperzellen und Gedanken durchdringende, unfassbare Ekel dürfte dazu führen, dass der Leser jener inkriminierten Textstelle fürderhin immer weniger äße, bald gar keine warmen Mahlzeiten mehr, nichts in Kochtöpfen Zubereitetes und nur noch vollkommen sterile Kost. Am Ende aber vegetierte er, ausgemergelt und irre, unweigerlich einem freudlosen Ende entgegen. Und das alles nur, weil er seine Nervenkräfte ein einziges Mal und über eine handgestoppte

Zeitspanne von achtzig Sekunden hinweg leichtfertig überschätzt hätte.

Hier also beginnt – letztmalige Warnung! – das Ungeheuerliche.

Herakles, da er den Koch von Syrakus nunmehr abgelenkt wusste, der draußen vor der Tür um seine falschen drei Sterne herumtanzte und mit den dort wartenden Nilpferden um die Wette brüllte, lupfte in der Küche den Deckel vom Topf und begann als Ouvertüre in seinem Rachen die Mächte der Finsternis zusammenzuziehen: Durch Gaumen, Mandeln und Kehle würgte und schmatzte er eitrig blasigen Auswurf aus Nase und Nebenhöhle, zog die graugrüne, stinkende Ernte wieder und wieder hoch, den Sumpf quasi im Munde zur sämigen Masse zentrifugierend, gurgelte, röchelte, röhrte. Breiig brodelte und schäumte der tuberkuläre Sondermüll, vermengte sich mit Speichel und Speiseresten, die Herakles zischend zwischen den Zähnen hervorzitschelte und -zog. Giftige Galle, schäumender Sud und brennender Sod, Bronchenkatarrh, Steine und kleine Scherben von Ton, Zahnfleischblut und durch den wahnsinnigen Sog im gesamten HNO-Bereich zutage gefördertes Halberbrochenes fügten dem teuflischen Pansch eine farbliche und haptische Note hinzu, die der von Babybrei mit Äpfeln und Möhren nicht unähnlich und doch um so vieles schrecklicher war. Dies alles spie Herakles kurzerhand in die Suppe.

Read on, my dear.

Er bedeckte die frisch verdorbene Speise wieder mit dem Deckel und machte, dass er durch den Hinterausgang davonkam. Die Nilpferde ließ er stehen. Zum einen verspürte er wenig Verlangen, dem Koch von Syrakus noch ein weiteres Mal unter die Augen zu kommen, zum anderen war der Galeerenstreik inzwischen beendet. Sein Linienschiff war kaum zwei Meilen aufs Meer hinausgefahren, als über der Hafenmauer von Syrakus eine gigantische Feuersäule in den Himmel schoss.

Die Megascharfe Maus von Milo ansprechen (nüchtern!) und ihr die Handy-Nummer abluchsen

Eigentlich war Herakles ja ziemlich schüchtern. Wer sah, wie straight er die ihm angetragenen Arbeiten durchzog, wollte das zunächst kaum glauben. »Doch Dienst ist Dienst und Schnaps ist Schnaps«, wie es schon bei den alten Griechen hieß. Das Selbstbewusstsein, das Herakles im Berufsleben an den Tag legte, war wie weggeblasen, sobald ihm eine Grazie auch nur von Weitem zuzwinkerte. Dann errötete er, begann zu stottern und senkte scheu den Blick. Die Mädchen in den Bars und Clubs zwischen Theben, Mykene und Korinth machten sich einen Spaß daraus, den Armen mit aufreizenden Gesten zu provozieren; junge Männer verwendeten in seiner Gegenwart bewusst derbe Bezeichnungen für den Liebesakt. »Guckt mal, 'ne Tomate«, spotteten sie dann, wenn des Herakles Birne signalrot leuchtete. Nun mochte man sich zu Recht fragen, wie dieser Vollklemmi mit der Megara denn drei Kinder hatte zeugen können. Doch da war es jeweils dunkel gewesen, und die Tatsache, dass Herakles im Dunkeln ein ganz anderer Mensch sein konnte, war ja an seiner Frau in vielfacher Hinsicht nicht spurlos vorübergegangen.

Seine Wurzeln hatte Herakles' Verhalten schon in frühester Kindheit: Die Mutter »Alkmene«, wie sie aufgrund ihrer schädlichen Gewohnheiten von allen nur genannt wurde, blickte gerne mal zu tief ins Ziegenhorn. Stiefpapa

Amphitryon weilte indes die meiste Zeit angeblich auf Montage. Erschwerend hinzu kam noch des Kindes unehrenhafte Herkunft. Das alles hatte auf den kleinen Herakles so umfassende Auswirkungen, dass leider ein paar Macken blieben: die schleppende Stimme, häufiges Stottern und sein unkontrollierter Jähzorn. Auch dass er sich so kritiklos ausnutzen ließ, konnte man entfernt einer psychosozialen Indikation zurechnen.

Das dysfunktionale Patchwork nahm seinen Ausgang, als Alkmene nicht mehr überriss, dass es Göttervater Zeus und nicht ihr Angetrauter Amphitryon war, der es nach einem ausgiebigen Tavernenbesuch nicht bei der Besichtigung der Briefmarkensammlung bewenden ließ. Die Resultate waren in dieser Reihenfolge: ein kleiner Halbgott, gewaltiger Unfrieden unter den Beteiligten sowie einige eher slapstickhafte Versuche von Zeus' stinksaurer Gattin Hera, den Jungen umzubringen. Umgangstermine wurden nicht eingehalten, die für Kinder so wichtigen Rituale fehlten, die wenigen gewährten Qualitätszeitfenster waren kleiner als der Ausguck eines Streptokokkenmutterschiffs. Klassische Traumata, die keine Couch der Welt zu heilen vermochte, noch nicht mal die des berühmten Therapeuten Thermos von Thrakien. Den hatten die Eltern in ihrer Not zu Rate gezogen, um ihrem stotternden Bettnässer ein Leben ohne allzu auffälliges Sozialstigma zu ermöglichen.

Mit solcherlei Herrschaftswissen in der Hinterhand war es nur eine Frage der Zeit, bis Eurystheus auf eine ganz besonders fiese Arbeit für unseren Helden kommen musste: Er sandte ihn über den Strom Pathos, wo in einer Weinstube hinter den Hügeln der Hepatiter die Megascharfe Maus von Milo bediente. Ein Wesen, halb Frau, halb Mädchen, halb Blendgranate, die von so überirdischem Reiz war, dass noch kein Mann je gewagt hatte, sie anzusprechen, es sei denn, um eine Bestellung aufzugeben. Selbst dem Zeus, der sich sonst jeden Rock schnappte, der nicht bei drei auf der Akropolis war, schrumpfte das Glied vor Furcht zum schlaffen Wurm beim bloßen Gedanken daran, zu ihr auch nur »Hallo« zu sagen. Dieses Zauberwesen, so trug der hinterlistige Eurystheus auf, solle der Herakles nicht nur frei heraus ansprechen, sondern sich wie zum Beweise auch noch ihre Mobilfunknummer besorgen. Die nämlich wollte er, Eurystheus, haben, um vor den anderen Regenten damit anzugeben.

Hartes Brot. Der Strom, die Hügel waren rasch überwunden. Vor der Weinstube lungerte Herakles dann jedoch mehrere Tage herum und spähte nur ab und an durch das Fenster hinein. Hinter dem Tresen stand sie und lächelte wie die junge Morgensonne, die über dem Ägäischen Meer aufgeht. Sie war tatsächlich noch megaschärfer, als all die Sagen über sie hatten in Worte fassen können. Herakles musste folglich seine eigenen Vokabeln finden. Bei ihrem Anblick stotterte er sogar beim Denken: Ra-ra-rattensch-sch-scharf, dachte er. H-h-h-ha-ha-hammer-sch-scharf.

Am siebten Tage schließlich gab er sich einen Ruck. War er denn ein Mann oder eine Maus? Ein Mann doch, und die Maus wartete drinnen. Auf sie mit Gebrüll!

Seine Gestalt straffte sich, er ging geradewegs zur Tür, nahm entschlossen die Klinke in die Hand und drückte sie herunter. So betrat er die Weinstube *Zur Goldenen Megäre.*

Am Tresen war noch alles frei, denn die ausnahmslos männlichen Gäste drückten sich um die weiter entfernten Tische im Raum, um nicht vom Glanz der Megascharfen Maus von Milo geblendet oder gar von ihr angesprochen zu werden. Bestellungen wurden mit niedergeschlagenem Blick und leiser Stimme zum Tresen hin gemeldet. Auch die notorische Nervensäge Odysseus war schon wieder hier und führte alleine in der Ecke brabbelnd Selbstgespräche, während er vor sich auf dem Tisch den Inhalt von Salz- und Pfefferstreuern zu einer kleinen Wüste formte, in die er quasi als grüne Oasen zwei große Popel kunstvoll einfügte. Man ließ den armen Narren gewähren, der offenbar wirklich kein Zuhause hatte.

Herakles aber schritt geradewegs zur Bar und setzte sich auf einen Hocker. Er wusste selbst nicht, woher er diese Kraft aufbrachte. Die Familienpackung Tilidin, die er sich draußen noch schnell eingeschossen hatte, konnte es ja wohl alleine nicht sein. Alkohol trank er übrigens nie, wegen seiner Vorgeschichte mit Alkmene.

»Eine Fanta bitte«, sagte der Halbgott. Seine Stimme war nun doch nur ein klägliches Piepsen. Er ärgerte sich über sein schwaches Auftreten und knibbelte nervös an seinem rechten Ohrläppchen.

»Ich finde es so bizarr, dass hier noch nie jemand auch nur ein normales Wort mit mir gewechselt hat«, sprach ihn da unerwartet die Megascharfe Maus von Milo an. Ihre Stimme klang so sanft wie eine Brise, die am Südhang des Berges Karies in den Oleanderblüten spielt, ehe sie über die angrenzenden Weiden weiterhaucht, um den jungen Ziegen sacht das buschige Fell zwischen den kleinen Hörnern zu kraulen, wonach sie den im weichen Moose am Waldrand lagernden Liebenden ein Lied singt von Sehnsucht und Glück.

»Na ja«, sagte Herakles. »Die trauen sich wahrscheinlich nicht.« Der erste Satz, der nichts mit einer Bestellung zu tun hatte. Damit war sein Auftrag im Grunde schon zur Hälfte ausgeführt.

»Aber warum sollten die sich nicht trauen?«, fragte die Maus mit treuherzigem Augenaufschlag. Spielte sie jetzt eigentlich das uralte Spiel oder war sie tatsächlich so dumm?

»Ich schätze«, sagte Herakles und stotterte nicht mal mehr dabei, »weil du ... wie soll ich sagen ...« – er linste kurz auf seine To-do-Liste mit den Eckdaten sämtlicher Jobs – »... die Megascharfe Maus von Milo bist. Das packen eben nur Kerle, die schon als Kinder in das Fass mit dem Selbstbewusstsein gefallen sind.«

Was quatschte er da aus seinem kläglichen Glashäuschen heraus? War das noch er selber? Das Tilidin wirkte jedenfalls prächtig. Herakles lief jetzt wie auf Autopilot. »Wenn ein wahrer Mann auf eine wahre Frau trifft, ist das wie ein Gewitter«, dozierte er aus dem Grundseminar im Fach Floskelwissenschaften. »Die Frau ist der Blitz, der entzündet. Der Mann ist der Donner, der den Regen bringt.«

Entgegen kam ihm, dass auch die Milo auf meteorologische Exaktheit pfiff. »Du bist süß«, sagte sie und strich ihm über die dunklen Härchen auf dem Unterarm. »Wenn du willst, kann ich dir meine Muschi zeigen.«

Zum Glück stieg der unbedarfte Herakles semantisch gar nicht durch, sonst wäre er an dieser Stelle dann wohl doch gescheitert. Und er kam auch nicht auf den Gedanken, nachzufragen. »Keine Zeit«, besann er sich vielmehr auf seinen Auftrag. »Ich muss heute noch zurück nach Theben. Wir empfangen da eine Delegation aus unserer lappländischen Partnerstadt Kaurismakkilainenpoppanttalä. Aber wenn du mir vorher vielleicht noch deine Handy-Nummer geben könntest. Das wär toll …«

Die Megascharfe Maus von Milo war so verdutzt, dass sie ihm die Nummer ohne Umstände auf die Rückseite einer Kassenquittung kritzelte und wortlos über den Tresen schob, wobei sie versuchte, Herakles ein weiteres Mal am Arm zu berühren. Der aber zog die kompromittierte Gliedmaße einfach weg und flunschte. Obwohl oder vielleicht sogar gerade deshalb, weil die Maus von Milo so megascharf war, wirkte sie auf einmal furchtbar einsam. Keiner hatte sich je getraut sie anzusprechen, geschweige denn nach ihrer Nummer zu fragen. Vielleicht hätte sie das ja sogar ganz schön gefunden, natürlich nicht bei jedem Hirni, aber wenigstens gelegentlich. Also wenn der Typ ausnahmsweise ganz okay erschien. Einfach nur zur Selbstbestätigung, denn in Wahrheit war auch sie überraschend schüchtern. Das Angebot mit der Muschi war bloß eine flapsige Gegenreaktion gewesen, ein resigniertes, selbstironisches Spiel mit der Schublade, in die sie ohnehin gesteckt wurde. Ihre Megaschärfe war ihr oftmals nichts als eine Last. Dann wünschte sie sich, einfach nur ein ganz normales, mehr oder weniger unscheinbares Mädchen zu sein, mit Jeans und Turnschuhen und vielleicht einer Brille. Mit der sich die Jungs unbefangen unterhielten, über dies und das, mit ihr scherzten oder diskutierten ohne Scheu und Hintergedanken. Sie seufzte. Kurz meinte Herakles, in ihrem Augenwinkel eine Träne glitzern zu sehen.

Egal. Er erhob sich und ging ohne ein Wort des Abschieds. Das fast noch volle Glas ließ er stehen. Die Arbeiten waren schon scheiße genug, da machte er hier nicht auch noch Überstunden. Obwohl ihm dieser Job leichter von der Hand gegangen war, als er erwartet hätte.

Bei Rot über die Straße von Messina gehen

Herakles stand an der Bordsteinkante und grübelte. Vor ihm lag die bis dato anspruchsvollste Arbeit in seiner noch jungen Auftragshistorie: Schier unüberwindlich rauschte der Verkehr durch die Straße von Messina.

Doch damit der Unbill nicht genug: Auf einer Verkehrsinsel in der Mitte stand die Ampel von Argolis und brummte gefährlich. Man musste sehr lange warten. Genauer gesagt bis zum Jüngsten Tag, der in der griechischen Mythologie auf den 26. August 2016 nach heutiger Zeitrechnung datiert ist. Die Ampel von Argolis zeigte immer Rot.

Niemand wusste also, wer auf der anderen Straßenseite wohnte, denn wer es wagte, bei Rot zu gehen, dem spie die Ampel einen giftigen Wurm mitten ins Gesicht, woselbst er in die Nase kroch und von dort aus Hirn und Innereien fraß. Die Verkehrserziehung in der Antike war kein Ponyhof.

Und selbst wenn jemand – freilich rein hypothetisch bei diesem Ding der Unmöglichkeit – Ampel samt Wurm überlistet hätte, stand da dann immer noch der Gestrenge Büttel von Glaukis. Erwischte dieser einen bei einer Ordnungswidrigkeit, so blies er laut in seine gefürchtete Trillerpfeife aus zwiefach gedrechselten Menschenknochen. Wer den Pfiff hörte, dem schlug eine sofortige Taubheit in Ohren, Geist und Glieder, auf dass all sein Trachten fürderhin mit der Bewerkstelligung eines erfolgreichen Schluckreflexes auf die dargereichte Schnabeltasse hin zur Gänze ausgelastet wäre. Nach einem Anpfiff des Gestrengen Büttels von Glaukis ging man jedenfalls nimmermehr über die Straße von Messina. Nicht bei Rot, nicht bei Grün und nicht bei Altrosa-Apricot.

Herakles aber erinnerte sich nun an eine der Lügengeschichten des Odysseus, der anderen Tippelbrüdern angeblich mal Wachs in die Ohren geträufelt haben wollte, als die sich in einer Notunterkunft über seine Musik beschwerten. Herakles grinste: Jedes noch so dämliche Gefasel war am Ende doch zu irgendetwas gut.

Auf dem Bürgersteig schmolz er eine Kerze und formte aus dem Wachs zwei kleine Stöpsel. Er wollte sie sich gerade in die Gehörgänge schieben, als er von einem kleinen Jungen abgelenkt wurde, der seine Mama bei ihren Verrichtungen begleitete.

»Du-hu?« Das Kind kam auf ihn zu und zupfte am Ärmel seiner Tunika. »Was bist du denn für ein Onkel? Du siehst irgendwie komisch aus mit deinem blassen Schimmer.«

»Ich bin ein Halbgott«, erklärte Herakles freundlich.

»Halbgott?«, fragte das Kind. »Also kein richtiger Gott? Bloß so einer, der kaum zaubern und nur ganz schwer flattern kann?«

»Na ja«, beschönigte Herakles. »Eher so eine Art Anwärter. Man muss sich halt von der Pike auf hochdienen, und dann, wenn man ganz, ganz fleißig ist, kann man vielleicht irgendwann ein Vollgott werden. Wobei das jetzt auch nicht unbedingt die besseren Wesen sind.« Er blickte sich kurz in alle Richtungen um und raunte: »Jetzt aber mal ganz unter uns: Vor allem charakterlich kochen die nämlich auch nur mit Wasser.« Während er das sagte, fiel ihm erstmals auf, wie sehr ihn das Wort »Vollgott« an »Volltrottel« erinnerte.

Das hielt ihn jedoch nicht davon ab, dem Erklärbären in sich die Sporen zu geben. »Ich hab übrigens keinen ›blassen Schimmer‹. Das nennt man Halbleuchten: Menschen leuchten gar nicht, Volltrottel strahlen volle Pulle und Halbgötter eben so dazwischen.« Sein Tonfall kippte auf unangenehm klebrige Weise ins Onkelhafte: »Möchtest du vielleicht auch ein Halbgott werden, wenn du groß bist?«

»Jetzt lassen Sie doch das Kind in Ruhe«, schaltete sich nun die Mutter ein. »Und setzen Sie ihm nicht solche Flausen in den Kopf. Kevin-Aristides soll was Anständiges lernen. Als Freiberufler landet man am Ende doch nur in der Gosse. Gucken Sie sich doch mal an.« Sie deutete auf Herakles' Tunika, die von der langen und beschwerlichen Reise mit Speiseresten, dem Blut von hundert Wegelagerern und Straßenschmutz besudelt war.

Herakles entschied, dass er genug gehört hatte. Er stopfte sich die Wachskugeln in die Ohren und latschte eiskalt los. Bei Rot. Direkt vor den Augen des Kindes. Trotz der Mutter. Trotz der Ampel. Trotz des Büttels. Und nicht zu vergessen: Die Straße von Messina war eine der meistbefahrenen und gefährlichsten Straßen im ganzen klassischen Altertum. Eurystheus war einst nach dem Besuch eines Schattenspieltheaters an der Überquerung gescheitert und musste, um nach Mykene zurückzukommen, einen Umweg über Timbuktu und Timmendorfer Strand einschlagen.

Als Erstes brüllte die Mutter. Herakles hörte nichts. Mit traumwandlerischer Sicherheit wand er sich durch den dicht fließenden Verkehr. Da schlug auf halber Strecke die Ampel von Argolis Alarm und spie den Wurm. Doch Herakles sperrte einfach den Schnabel weit auf und schluckte das Getier herunter. Es bekam nicht die geringste Chance, sich zu den Innereien durchzufressen, denn der Magensaft eines Halbgotts ist bekanntlich derart aggressiv, dass die Pathologen bei der Obduktion Sicherheitsschuhe tragen müssen. Als der Wurm im Magen merkte, woran er war, wimmerte er furchtsam. Dann war es schon vorbei. Wütend funkelte die Ampel von Argolis den Mörder ihres Schützlings aus roten Augen an. Aber sie konnte nichts machen, denn in den Disziplinen Beweglichkeit und Sprintvermögen unterschied sie sich in nichts von einer gewöhnlichen Ampel.

Zack, und auch das war also erledigt. Herakles hatte das nächsthöhere Level erreicht und die Straße beinah schon in ihrer gesamten Breite überquert. Dabei hörte er weder die markerschütternde Pfeife noch das grauenhafte Gebrüll des vor Wut rasenden Büttels. Aus dem Augenwinkel nahm er wahr, wie jener keuchend die Verfolgung aufnahm, doch unser Halbgott war schneller. Aufgrund seiner genetischen Voraussetzungen schaffte er die fünfzig Klafter in unter drei Pulsschlägen.

Die Leute auf der anderen Straßenseite wunderten sich. Noch nie hatte es einer »von drüben«, wie sie es nannten, zu ihnen geschafft. Herakles wurde wie ein Held empfangen. Man schüttelte ihm die Hand, fragte ihn aus, eine Frau schenkte ihm eine Banane. Er verstand die Aufregung nicht ganz, denn im Grunde sah es hier genauso aus wie da, woher er gekommen war.

Dem Perfides, Tyrann von Tirana, alle vier Reifen zerstechen

In der Kantine des Olymps herrschte bereits um zwölf Uhr mittags Hochbetrieb. Daran merkte man, wie wenig für die Götter momentan zu tun war – die Firma lief wie von selbst: Die Kriege auf Erden waren gründlich entfacht und pflanzten sich quasi von alleine fort, die Titanen saßen im Knast und viele Menschenweiber gingen von den Göttern schwanger. Alkmene war längst nicht die Einzige, die dem arglistigen Mummenschanz eines Olympiers zum Opfer gefallen war.

Natürlich würde dieses Hobby irgendwann zu einer ungesunden Inflation an Halbgöttern führen. Das sorgte für Unruhe unter den Vollgöttern. Sie diskutierten bereits, überschüssige Halbgötter zu trocknen, zu zermahlen und als Vogelfutter zu verwenden. Natürlich hinter vorgehaltener Hand, denn die Götter waren intrigant und feige. Nur zu gern spotteten sie über Halb- und Viertelgötter, Faune, Parafaune und Kentauren, doch sobald einer der Gemeinten vorbeitrabte, lächelten sie falsch.

An einem Tisch unweit des Eingangs saßen Tetanos, Monokel und Hypotaxe. Der Gott der Schutzimpfung, der Gott der Optiker und die Göttin für verständliche Sprache hatten Spaß. Monokel schnappte heiser bellend nach Luft, während Hypotaxe mit Tränen in den Augen und schmerzhaft verzerrtem Gesicht auf ihrem Stuhl hin- und herrutschte. Offensichtlich hatte sie große Mühe, sich nicht vor Lachen einzunässen. Ursache der Freude war ein Artikel aus dem Feuilleton der *Mykener Morgenpost*, den Tetanos in gespielt sachlichem Tonfall vorzutragen verstand. Geschrieben hatte ihn ein gewisser Humor, der wohl einflussreichste Dichter, Essayist und Inlandskorrespondent jener Zeit:

… Der Typ ist krass drauf: Er erschlägt Wespen mit der flachen Hand und öffnet Amphoren mit den Zähnen. Doch auch ein paar wertvolle Softskills nennt er wohl sein Eigen: Er kann zuhören, ist höflich und gewissenhaft in der Erledigung seiner Pflichten. Daneben kann er auch arabische Zahlen lesen. Kritikwürdig ist hingegen seine hölzerne Rhetorik und sein aufbrausendes Wesen. Manchmal folgt direkt auf ein »Mahlzeit, die Herren« ein Hieb mit der Streitaxt …

»Vorsicht, schschtt, da kommt er gerade.«

Herakles kam um die Ecke geschlendert. »Mahlzeit, die Herren.«

Die »Herren« duckten sich übertrieben und mussten dabei nur noch mehr kichern. Da das Handeln der Götter für sie stets folgenlos blieb, hatten sie niemals Verantwortung gelernt und wiesen durch die Bank eine für ihr Alter erschreckende Unreife auf.

Herakles merkte zum Glück nichts. Er nickte kurz Hypotaxe zu: »Entschuldigung, zuerst die Dame natürlich. Und wünsche noch allseits guten Appetit!«

Er passierte den Tisch auf seinem Weg zur Essensausgabe, ohne die Heiterkeitsausbrüche in seinem Rücken zu bemerken. Bis jetzt war Herakles durchaus noch guter

Stimmung. Er kam frisch von der Vollendung seiner sechsten Arbeit aus Tirana und hatte somit ein Viertel seines Pensums absolviert. Das Gesicht des Tyrannen Perfides hätte er ja gern gesehen, nachdem er seine Karre mal eben rundum tiefergelegt hatte.

Er stellte sein Glas unter die Quelle mit dem Nektar. Nickte freundlich dem wie üblich in eine nach altem Schweiß stinkende Camouflage-Tunika gewandeten Ares zu, der sich hinter ihm zwei Amphoren germanischer Hopfengärung aus dem Getränkefach angelte. Anschließend schob er sein Tablett weiter zum warmen Buffet und schnupperte, als er den silbernen Deckel vom Warmhaltebehälter zog: Was gab es denn heute? Die Antwort war ernüchternd: Ambrosia. Hatte es das nicht schon gestern gegeben? Und vorgestern und in der Vorwoche und den ungefähr zehntausend Wochen davor? Ambrosia, Ambrosia, Ambrosia. Immerhin variierten sie das Grundthema. Mal Ambrosia à point an Nektarjus mit Zwergbrokkoligemüse, mal Corail von der jungen Ambrosia auf Nektarschaum.

Heute gab es zur Abwechslung Ambrosiaeintopf. Dazu eine Kelle Leykoser Allerlei: Grüne Bohnen, weiße Bohnen und Riesenbohnen – nach der Mahlzeit könnten sogar Irdische auf den Olymp fliegen. Herakles liebte Hausmannskost. Zum Nachtisch stellte er noch ein Schälchen importiertes Manna aufs Tablett und ging zur Kasse. Wie immer kostete es: nichts. Deshalb aß er ja auch hier.

Die Qualität war allerdings mäßig. Natürlich konnte man von einer Großküche, die jeden Mittag an die achthundert Götter, Halbgötter und Fabelwesen versorgte, keine Haute Cuisine erwarten. Aber wenigstens einmal in der

Woche die im Eintopf ersoffenen Ratten aus dem Kessel zu fischen, wäre wirklich nicht zu viel verlangt gewesen.

Zum Glück war Herakles kein Mäkler. Mit dem vollbeladenen Tablett begab er sich zu einem Tisch, an dem bereits die Götter Eros, Oxymoron und Hygiene saßen. Ein Platz war noch frei. »Darf ich?«

»Bitte sehr«, gab Oxymoron zurück. »Wenn du uns nicht haust?«

»Warum sollte ich euch hauen?«, entgegnete Herakles gut gelaunt und setzte sich. Ironie war nicht seine Stärke.

»Hast du eigentlich schon 'ne Freundin?«, fragte Eros mit scheinheiliger Arglosigkeit. Die anderen prusteten und stießen sich unter dem Tisch an.

»Nein«, antwortete Herakles. »Ich hätte natürlich gern eine. Aber die Richtige war einfach noch nicht dabei.« Unbedarft schüttete er sein Herz aus: »Ich finde, dass viele in diesen Dingen zu leichtfertig sind. Ich meine, die wahre Liebe ist doch das größte Geschenk, das die Götter – also ihr – uns gegeben haben. Doch stattdessen verwechseln schwache Persönlichkeiten nur zu oft die ungezügelte fleischliche Lust und daraus resultierende, pseudoromantische Projektionen mit der göttlichen Gabe der Seelenverwandtschaft, des unbedingten Vertrauens, einer tiefen altruistischen Zugeneigtheit. Deshalb finde ich es sehr wichtig, dass man zu warten versteht, bis dieser eine kostbare Moment, diese eine … (eine halbe Stunde später:) … sich aufbewahrt, um sich nicht billig zu verschenken. Das erwarte ich selbstverständlich auch von meiner zukünftigen Frau. Der einen, einzigen, die da eines Tages ganz gewiss kommen wird.«

Erst als Herakles geendet hatte, bemerkte er, dass er mittlerweile allein am Tisch saß. Wie lange eigentlich schon? Ach, egal. Als er das Tablett mit dem schmutzigen Geschirr zum Wagen trug, war auch der Tisch von Monokel, Tetanos und Hypotaxe verlassen. Herrenlos lag die aufgeschlagene *Morgenpost* darauf herum. Herakles war neugierig. Er blickte sich um, und als er sich unbeobachtet fühlte, griff er blitzschnell nach der Zeitung und steckte sie ein. Er war zwar nicht übermäßig eitel, doch natürlich interessierte es ihn rein fachlich, ob schon eine Kritik seiner jüngst erledigten Arbeit in dem Blatte stand.

Er zog sich auf der Halbgöttertoilette in eine Kabine zurück, setzte sich auf den heruntergeklappten Klodeckel und begann zu lesen, während es rechts und links von ihm furzte und stank. Rasch überzog Zornesröte sein Gesicht: *Verbesserungswürdige Rhetorik, Aufbrausendes Wesen*? Ha! Humor! Dieser erbärmliche Schmierfink, diese Literatte, dieses vollvergreiste Stück Maulwurfsscheiße!

Hatte der selber überhaupt schon mal irgendwas Vernünftiges zustande gebracht? Ohne faschistoiden Bombast auf einer achtspurigen Schleimtrasse direkt in das Rektum der Götter hinein – eine Weinbergschnecke wäre angesichts solcher Gleitfähigkeit vor Neid erblasst. Bezeichnenderweise war der größte Hit des Schmocks die *Ulias*, ein gewaltverherrlichender Schinken und Prototyp für den Landser-Roman ein paar tausend Jahre später. Herakles hatte sich schon immer gefragt, auf Grundlage welcher Sinnesorgane ~~Konsalik~~ Humor seine blumigen Schilderungen ersann. Er war nämlich blind.

Herakles zwang sich, weiterzulesen, anstatt dem ersten Reflex nachzugeben und das Revolverblatt in tausend Stücke zu zertrümmern: … *Warum hatte Herakles das getan: dem unbescholtenen Tyrannen Perfides alle vier Edelholzreifen aufgestochen? Am helllichten Tag, mitten in Tirana! Sollte das etwa Kunst sein, ein politisches Statement, eine in auch nur allerentferntester Form konstruktive Aktion? Nein. Nichts dergleichen. Die oben erwähnten Softskills entpuppen sich bei näherer Betrachtung als bloße Mimikri, die die wahre Natur des Bösewichts verschleiern soll. Wer den armen Tyrannen vor seinem sauer verdienten Schlitten weinen sah, wird mir zustimmen: Obwohl er den üblen Streich als »Auftragsarbeit« tarnte, der er dann auch noch frech das Robin-Hood-Mäntelchen einer herbeiphantasierten »höheren Gerechtigkeit« überwarf, handelt es sich hier doch um nichts anderes als den hilflosen Ausbruch eines komplexbeladenen Halbstarken. Kein Wunder, dass sich die Gerüchte verdichten … Kinderpornographie … Knaben … Spielsucht … in die Hose gemacht … Logopäden erschlagen … Mutter trinkt … blabla …*

Mit fast schon beängstigender Ruhe knüllte Herakles die *Mykener Morgenpost* so gründlich zusammen, dass aus den zwanzig Steintafeln binnen Sekunden feinster Sandstaub wurde. Er hatte Zeit. Humor würde ihm nicht davonlaufen. Man begegnete sich im Leben immer zweimal, und einmal würde ihm sogar schon reichen. Aber wer war dieser Robin Hood? Herakles entriegelte die Kabinentür.

Dem Levantinischen Lausbuben die Leviten lesen

Als Nächstes sandte Eurystheus Herakles aus, den Levantinischen Lausbuben zu zügeln, einen über die Maßen ungezogenen Wicht, mit dem keiner zurande kam.

In Knossos hatte er das Labyrinth entweiht, indem er überall Hinweisschilder anbrachte und Notausgänge in die Mauern brach, im Wald von Veria mit der Schleuder das Heilige Eichhörnchen vom Baum geschossen. Und in Mykene hatte er sämtliche Namensschilder an den Haustüren ausgetauscht, sodass vor dem Haus des Epileptikers Ephesos nun der Name des Hypokriten Helios stand und umgekehrt. Nach diesem Schema verfuhr er – man stelle sich das vor – in der ganzen Stadt! In diesem Durcheinander wäre selbst Odysseus nicht negativ aufgefallen. Keiner kannte sich mehr aus, und der Levantinische Lausbub rieb sich einmal mehr kichernd die Hände.

Es war nicht schwer, den Lausbuben zu finden. Dazu musste Herakles nur in Gegenrichtung der zeternden Alten und der in Panik flüchtenden Katzen, denen jemand kleine Marmorsäulen an die Schwänze gebunden hatte, gehen. Hässliche Graffiti, umgestürzte Mülleimer und zerschlagene Fensterscheiben säumten seinen Weg. Vor einem Handel für Gebrauchtfuhrwerke traf er schließlich auf den Gesuchten, der gerade damit beschäftigt war, die Speichen der Karrenräder anzusägen.

»Mein Name ist Herakles.« Mutig trat er an den kleinen Bösewicht heran. »Ich bin ein Abgesandter des Königs Eurystheus von Mykene, staatlich geprüfter Halbgott und mein Vater ist der Chef auf dem Olymp.«

»Huhuhu«, kreischte der Lausbub da affektiert auf. »Olymp, Polymp«, reimte er flapsig. »Kommse rauf, könnse runtergucken. Willkommen zum Großen Spasten- und Tuntenball der griechischen Götterwelt!«

Das hatte gesessen! Herakles kochte. Er verstand ja einen kleinen Scherz und war auch in der Lage, mal über sich selbst zu lachen, doch was zu viel war, war zu viel. Wenn hier einer seine Leute beleidigen durfte, dann war er das. Sonst niemand.

Er versuchte, dem Lausbuben eine Backpfeife zu verpassen, doch der duckte sich geschickt: »Nicht getroffen, Schnaps gesoffen«, schrie er frech und ahmte dabei sogar Herakles' leicht schleppende Sprechweise nach. Nichts hasste dieser mehr und schon viele hatte er dafür in seinem Jähzorn erschlagen, doch das ging ja nicht: Der Lausbub war einfach schneller.

Auch dieser hatte eine schwere Kindheit gehabt, gewiss. Bei einem Ausbruch des Vulkans Vulva waren seine Holzklötzchen, die er gerade noch kunstvoll zu einer Art Burg gestapelt hatte, von der Lava verschüttet worden. Sein geliebtes Kätzchen Alexandros Elefteropoulos hatte eines Abends das Schälchen mit der hingestellten Ziegenmilch verschmäht. Beim Schüleraustausch mit Thebens lappländischer Partnerstadt Kaurismakkilainenpoppanttalä hatte er in einem eiskalten Gäste-Iglu übernachten müssen. Und einmal war die Mutter zum Einkaufen gegangen und hatte den Zeitpunkt der zugesagten Rückkehr um sage und schreibe fünfzehn Minuten überzogen.

Das alles fand Herakles durchaus bedauerlich. Wer, wenn nicht er, konnte die lebenslange Hypothek in jungen Jahren ausgebildeter Traumata nachempfinden. Doch war das seiner Meinung nach noch lange kein zwingender Grund, sich derart unartig zu verhalten, wie der Levantinische Lausbub es tat. Man musste sich doch nur mal die Spartaner ansehen: hatten nichts, duschten kalt, tranken Blut und waren dennoch herzensgute Menschen.

Der Knirps war mittlerweile dreimal um ihn herumgehuscht und trat ihm von unten kräftig gegen das Schienbein. »Hier, du Pisser. Deine Mudda schwitzt beim Kacken!«

Au, das hatte wehgetan. Da er für den Lausbuben ohnehin nicht schnell genug war, beschloss Herakles seine Taktik zu ändern und statt auf eine körperliche Auseinandersetzung mehr auf Psychotricks zu setzen. Doch zuvor musste er sich sammeln und ein wenig runterkommen. Er versuchte, »freundlich in den Schmerz hineinzuatmen«, wie es ihm seine Tante Demeter im Rahmen ihrer »Yogastunde für Helden, Halbgötter und andere Interessierte« auf einer Wiese am Fuße des Olymps beigebracht hatte. Das gelang.

Nun ruhiger geworden, ließ er sich auf einer Bank am Straßenrand nieder. Ein seltsames Geräusch ertönte. »Alter, hat der voll die Blähungen!« Ein Pupskissen. Der Lausbub wollte sich schier ausschütten vor Lachen. Herakles lächelte gequält.

Aber er hatte noch ein letztes Ass im Ärmel, um dem Racker schließlich doch den Zahn zu ziehen. Er würde ihm die Leviten lesen. Und zwar auswendig. So lautete ohnehin der Originalauftrag, den er in seiner Erregung fast vergessen hätte. Ein teuflischer Plan, denn die Leviten gingen absolut ans Eingemachte. Die schleppende Stimme, in der er sie vortrug, tat in diesem Fall ihr Übriges dazu, den Knaben ein für alle Mal zu zähmen: Wie der postapokalyptische Gesangspart einer Funeral-Doom-Metal-Nummer rauschten die Worte unheimlich auf den Lausbuben ein. Auf einmal blieb dem vorlauten Bürschchen der Spott im Halse stecken. Hätten die Leviten nur Vorwürfe, Drohungen und Zurechtweisungen enthalten, wären sie an der dicken Haut des Buben abgeprallt. Doch Herakles verlas eine in vier Leviten gegliederte, exakt analysierte Charakterstudie, die des Lausbuben innerstes Wesen schonungslos offenlegte.

»Ich stelle mir vor, wie das ist«, begann Herakles seine erste Levite. »Du sitzt da in deinem Kinderzimmer. Hast mit deinen Klötzchen eine Burg gebaut, schön und komplex wie nie. Ein Symbol der Menschwerdung, ein bedeutender Schritt vom lallenden Säugling hin zum aufgeweckten Kleinkind. Dann der Vulkanausbruch. Die Eltern retten das Vieh, das Essen, dich. Deine Burg lassen sie zurück. Eine narzisstische Kränkung.«

Der Lausbub war ungewöhnlich still geworden. Das hatte man seit seiner ersten heimlichen Zigarre nicht erlebt.

Herakles fuhr fort: »Du bist eigentlich ein ganz Lieber. Doch du musst immer rau und gemein wirken, weil du dich vor deinen Gefühlen fürchtest. Denn die Gefühle würden dich zwingen, über dich selber nachzudenken. Und du hast im Grunde Angst davor, zu erfahren, wer du wirklich bist.«

Der Lausbub schürzte betroffen die Lippen.

Und Herakles zog die Schrauben nun an: »Du sehnst dich so sehr nach Liebe und Geborgenheit. Doch du traust dich nicht, ein Mädchen anzusprechen. Deswegen machst du so viele grobe Streiche. Willst immer nur der Kasper sein. Du wünschst dir, dass sie über dich lachen und dich cool finden. Doch das tun sie nicht. Was dich noch mehr frustriert. Ein Teufelskreis …«, seufzte Herakles, dem nicht ganz klar war, ob er hier nicht gerade aus seinem eigenen Seelenleben referierte.

Der Lausbub schluckte.

Vor der vierten und entscheidenden Levite machte Herakles eine kurze Pause, um den Spannungsbogen zu dehnen. Dann fuhr er mit leiser und eindringlicher Stimme fort: »Ich weiß, dass dein Turnlehrer dich gegen deinen Willen unter der Dusche angefasst hat. Obwohl du niemandem je davon erzählt hast. Frag nicht. Ich weiß es einfach.«

Laut schluchzend brach der Levantinische Lausbub zusammen. Sein Geheimnis war gelüftet. Zu spät fragte sich Herakles, was er hier eigentlich um Zeusens willen machte. Was nahm er sich heraus? Nur weil der Knirps Eurystheus vorige Eiszeit mal die Krone mit einem Schneeball von der Birne geworfen hatte, pulte er wie ein Folterknecht in dessen tiefsten Wunden herum. Schließlich blieb es doch des Lausbuben höchst private Angelegenheit, auf welche Weise er mit dem Erlebten fertigwurde. Wenn durch Verdrängen und Vergessen, nun, dann eben so.

Herakles besann sich und versuchte nunmehr, den Unglücklichen zu trösten. »Du denkst, es ist deine Schuld. Doch das stimmt nicht, auch wenn sie dich das glauben lassen wollen. Der uralte Reflex: Anstatt dir beizustehen, projiziert die Gesellschaft ihre Scham und Ohnmacht auf dich. Aber es ist allein die Schuld von … Wer war der Strolch überhaupt?«

»A … A … Ares«, weinte der Lausbub.

Upps. Ares also. Der Kriegsgott mit dem Vokuhila und den schlechten Zähnen. Zu dem passte das, leider, musste sich Herakles eingestehen. Einer aus der Schar seiner zahllosen Halbbrüder noch dazu, genau genommen ein einziger Mob aus Spinnern, Brutalos und Sexualstraftätern. Doch davon würde er dem Lausbuben lieber nichts erzählen. Wozu das eigene Nest beschmutzen, wozu unnötig noch mehr Staub aufwirbeln? Die Arbeit war getan. Unbeholfen strich er dem Jungen über den Schopf. Und schrie im nächsten Moment auf: Das Kerlchen hatte ihm doch tatsächlich eine riesige Zikade unter die Tunika gesteckt.

Den Buckligen von Brindisi auslachen und mit dem Finger auf ihn zeigen

Als der Virer Aggrogides nach erfolgreicher Schlacht aus Pistazien heimkehrte in sein Land Chlamydien, stellte er zu seiner Betrübnis fest, dass sich dort in seiner Abwesenheit eine erkleckliche Anzahl Tunichtgute eingenistet hatte. Doch nachdem er alle gewissenhaft geköpft und gesteinigt hatte, gab es ein unappetitliches Gezerre um die Begräbniskosten.

Der Feldherr war ruiniert und musste ganz von vorn anfangen. Mit seiner Frau, der Paranoia von Panko, und der gemeinsamen Tochter Glutenestra ging er nach Brindisi, wo ihn keiner kannte. Mit großem Fleiß sammelten sie leere Amphoren und boten am Stock gebratene Ratten feil, bis es ihnen unter unendlichen Entbehrungen gelang, eine kleine Familienpension zu eröffnen. Der einzige Gast war zunächst der Bucklige von Brindisi.

So weit die Überlieferung des Dichters Idiod. Sie diente als historische Vorlage für *die* Erfolgskomödie der Antike. »Der Bucklige von Brindisi« war mit zehn Eumeln für Buch, Regie, Hauptdarsteller, Nebendarstellerin, Schnitt, Musik, Maske, Soufflage, Inspizienz und die meisten Salmonellen auf belegten Brötchen in der Theaterkantine ausgezeichnet worden. Aufgeregt saß Herakles in Block B, Reihe 67 des Amphitheatrons von Pylos, neben sich seine Sandkastenfreundin Sarkaste. Bei ihr fühlte er sich sicher, ihr konnte er sein Herz öffnen wie von Brüderlein zu Schwesterlein. Sarkaste schwebte freilich eine andere Beziehung vor. Die abendliche Dunkelheit und Atmosphäre waren zu Spießgesellen ihrer Pläne ausersehen. Dass Herakles nervös wirkte, deutete sie positiv: Gewiss hegte auch er insgeheim tiefere Gefühle, doch wagte es in seiner Scheu nicht, diese zuzugeben. Na, sie würde ihm schon helfen.

Ein früher Höhepunkt des Stücks war der Monolog des Buckligen von Brindisi. Mit berührenden Worten schilderte er seine Verbuckelung infolge der niedrigen Deckenkonstruktion seines ärmlichen Elternhauses und sein Leben als Buckliger in den Straßen seiner Heimatstadt. Den anderen Bewohnern galt er als das letzte Stück Dreck. Nur weil er bucklig war. Oben auf seinem Platz schluckte Herakles betroffen.

Doch dann kam dieser Fremde mit seiner Pension. Dort zog der Bucklige mit einem gefälschten Gutschein vom Sozialamt ein. Zum ersten Mal in seinem Leben brachte man ihm so etwas wie Respekt entgegen. Er war der Gast, er war der König. Und mehr noch, wurde er doch nun sogar von einem ehemaligen Oberkönig bedient.

Leider veränderte die erfreuliche Besserung seiner Lebensumstände das Wesen des Buckligen und machte ihn hochmütig. Beim Frühstück ließ er Aggrogides in einer Sekunde nach der Aprikosenmarmelade laufen, um ihn in der nächsten nach einer zusätzlichen Scheibe Bärchenwurst zu schicken. Er monierte das angeblich zu weiche Ei und gebärdete sich wie eine üble Blaupause der Störrischen Sirenen, indem er Einrichtungsgegenstände aus dem

Fenster auf die Straße warf. »Rock 'n' Roll«, schrie der Gnom, der noch niemals auch nur einen geraden Ton herausgebracht hatte. Vor allem aber erwähnte er dem Pensionsbetreiber gegenüber wiederholt den Krieg.

Dabei hatte ihn die Paranoia gleich zu Anfang beiseitegenommen und flehentlich nur um diese eine Gefälligkeit gebeten: Nämlich genau das bitte keinesfalls zu tun. Denn zwar hatte der Virer durchaus Schlachtenglück bewiesen, als er vor Pistazien nicht nur dem assyrischen Söldner Vector ordentlich den Arsch aufriss, sondern auch noch dessen Bruder Taramas, den eingebildeten Schönling und Räuber der engelsgleichen Vagina, mit dem Brummkreisel verbimste.

Doch in der Folge schwand seine Fortune. Die Heimreise war schon sehr ungemütlich (Sturm, Stadtgründungen, Dünnpfiff) und dann warteten zu Hause bekanntlich noch die Tunichtgute. Vom Krieg hatte er jedenfalls die Schnauze voll. Wenn er das Wort auch nur mit K. abgekürzt irgendwo sah, bekam er auf der Stelle Pickel. Er hatte sich sogar der »Pazifistischen Heimatfront« angeschlossen, eine Art Anonyme Alkoholiker, bloß eben für Kriegsmüde.

»Krieg ich noch ein Kürbiskernbrötchen?«, fragte der Bucklige von Brindisi schon morgens beim Frühstück scheinheilig den Virer, der daraufhin weinend Reißaus nahm. In der Nacht hatten ihn einmal mehr die Spukbilder ~~von Hamlets Vater~~ der von ihm Erschlagenen und Malträtierten verfolgt. Manchen fehlten die Ohren, anderen der Kopf, vielen auch alles.

Der Bucklige genoss seinen Triumph und nahm sich immer mehr heraus. Von Demut und Dankbarkeit keine

Spur. Beim Mittagsmahl (Vollpension) patschte er nun sogar nach der schönen Glutenestra, was deren Eltern nur halbherzig rügten. Zu groß war die Angst, dass er noch öfter »Krieg« sagte. Hinzu kam die Furcht, den einzigen Gast zu verlieren. Ein ängstliches Raunen ging durch die Reihen der Zuseher: Die Pensionsinhaber schienen auf eine Katastrophe ungeahnten Ausmaßes hinzusteuern.

Nur wenige Eingeweihte wussten, dass eine Person aus dem Publikum heraus den Buckligen am Ende doch in seine Schranken weisen würde. Unter den anderen wuchs unterdes die Spannung: Würde der Bucklige ein Zimmer mit Meerblick verlangen? Die Unterkunft befand sich zwischen zwei Hügeln im Hinterhof einer Gerberei. Und was, wenn der faule Gast nun jeden Morgen sein gebrauchtes Handtuch auf den Boden vor dem Duschfass würfe?

Auf den Rängen drohte derweil ein Eklat der anderen Art. Nur zwei Reihen vor unseren Freunden knisterte ein Blödmann mitten in das ergreifende Klagelied der Paranoia von Panko hinein laut mit gerösteten Pinienkernen. Sofort war Herakles auf hundertachtzig. Mit spitzen Fingern tastete er nach dem Klappdolch, den er im doppelten Boden seiner Sandale an den Ordnern vorbeigeschmuggelt hatte. Der scharfe Stahl würde den kecken Störer Mores lehren.

Doch beruhigend legte Sarkaste dem Grollenden die Hand auf den Oberschenkel. Der ließ sich beschwichtigen. Merkwürdig angespannt starrte er wieder auf die Bühne. Sarkaste ging sogleich aufs Ganze und ließ ihre Hand weiterwandern, bis sie eine kleine, schlauchähnliche Struktur zunächst ertastete und dann beherzt ergriff.

Das Epeisodion war vorüber, der Chor trat auf. Routiniert zog Herakles Sarkastes Hand aus seiner Tunika. »Das ist ja ulkig«, brummte er. »Du hast mir grad volle Amphore in den Schritt gefasst. Aber es ist ja auch wirklich verdammt dunkel hier.«

»Hört unser Lied, hört unser Lied / über des Buckligen buckliges Glied«, sang auf der Bühne der Chor das Standlied zwischen drittem und viertem Epeisodion. Herakles schnaubte entrüstet. Er war kein Freund von Obszönitäten nur um des Tabubruchs willen, wie sie leider gerade modern zu sein schienen. Kotze, Kacke, Ficken – mit billigen Reizwörtern biederten sich denkfaule Regisseure bei einer jugendlichen Claque an. Darsteller von Helden und Seherinnen bewarfen einander nackt mit überreifen Früchten oder urinierten unverblümt ins Publikum. Klassische Textvorlagen wurden mutwillig verfälscht und mit hippen Latinismen versetzt. Früher hätte es das alles nicht gegeben.

In seinem Unmut achtete er nicht auf Sarkaste. »Tausendmal berührt«, summte sie ihren spöttischen Kommentar zur parallel zum Stück mitlaufenden Privattragödie, »tausendmal ist nichts passiert.« Der Spott war getränkt von Selbstironie, Resignation und nicht zuletzt einem gerüttelt Maß Traurigkeit. Wie blöd war dieser Herakles eigentlich? Er mochte sie doch offensichtlich, lobte durchaus mal ihr Gewand und sogar den Duft ihres Haares. Und sie sah – das bewiesen ihr die Blicke der anderen Männer – nun wahrlich alles andere als scheiße aus.

Ihre Laune war am Boden. So bemerkte sie auch nicht, dass der Halbgott ein zerknittertes Textblatt aus der Seitentasche seiner Tunika zog und angestrengt studierte. Wie er tief durchatmete und mit der Linken noch einmal kurz prüfte, ob die Knöpfe vorn an seiner Tunika auch wirklich wieder alle gut geschlossen waren.

Auf ein verabredetes Stichwort des Buckligen (»Ich krieg hier echt bald zu viel!«) erhob er sich von seinem Kissen und entzündete eine Fackel. Die Flamme flackerte wie verrückt, denn Herakles war supernervös. Er räusperte sich. Dann nahm er all seinen Mut zusammen und mahnte mit starker Stimme: »Du da unten! Zügle deine Zunge! Denn wisse: Du bist doch nur ein buckliger, kleiner Mann!«

Das komplette Theater starrte erst Herakles an und dann auf ~~Tyrion Lannister~~ den Buckligen. Herakles zeigte mit dem Finger auf ihn und ließ ein demonstrativ hässliches Gelächter hören: »Hähähä!«

»Hahaha«, fiel tausendstimmig das Publikum mit ein. Das Lachen war ansteckend.

»Wer bist du, Fremdling?« Verdattert schielte der Bucklige die Ränge hoch, dorthin, wo Herakles stand.

»Ich bin Herakles von Theben. Halbgott erster Ordnung, Sohn des allgewaltigen Zeus und ...«, deutlich leiser, »... der Alkmene.«

Der Bucklige wirkte zerknirscht. »Und wenn ich in ein kleineres Zimmer ziehe? Ohne Balkon?« Er spielte das nicht schlecht. Aber er hatte ja auch nicht umsonst einen Eumel dafür erhalten.

»Nein«, rief Herakles.

»Und mich nicht mehr dauernd beschwere? Und das Wort nicht mehr sage, dieses Wort, welches war das überhaupt noch mal? Bleib geschmeidig, Mann, krieg dich mal wieder ein!«

»Nein!!«, johlten nunmehr die Zuschauer. Sie feuerten Aggrogides und Paranoia an, die mit frisch erwachtem Mut dem Buckligen die Kaffeesahne rationierten. Draußen hielt ein Reisefuhrwerk mit genügsamen Senioren aus Kaurismakkilainenpoppanttalä. Sie waren müde von der langen Reise und brauchten unbedingt zwanzig Zimmer. Alles würde gut werden. Das Publikum jubelte. Herakles war aus der Schusslinie.

Unbemerkt setzte er sich wieder und lugte beifallheischend zu Sarkaste hinüber, doch die schien wegen irgendwas zu schmollen. Mit ostentativem Gleichmut lackierte sie sich im Schein der nun am Boden weiterbrennenden Fackel die Fingernägel. Egal. Dies war die Stunde seines Sieges über sich selbst. Unbändiger Stolz erfüllte ihn. Das hätte Eurystheus ihm nie und nimmer zugetraut, eben deshalb hatte der Fiesling ihm die Arbeit ja gegeben. Denn für Herakles war es die Hölle, öffentlich im Mittelpunkt zu stehen. Und dann auch noch hier, vor zehntausend Leuten. Normalerweise konnte er noch nicht mal vor einer zweiköpfigen Kindergartengruppe ein Gedicht aufsagen, ohne vor Peinlichkeit im Boden zu versinken. Doch er hatte es geschafft. Sein Therapeut würde staunen, wenn er ihm am kommenden Mittwoch davon erzählte.

Der Rest des Stückes verging wie im Flug. Der Verlobte von Volos, Glutenestras Zukünftiger, der beim sozialpsychiatrischen Dienst in Brindisi arbeitete, sah in der Pension nach dem Rechten und deckte den Schwindel auf. Gemeinsam töteten sie den Buckligen. Das Publikum beruhigte sich schier gar nicht mehr. Lendenschurze und Programmhefte aus Marmor flogen auf die Bühne. Bevor der Chor auftreten konnte, mussten erst die Besensklaven ran.

Im Exodus heirateten Glutenestra und der Verlobte. Sie sah unendlich glücklich aus, als er sie in den Tempel führte. Herakles schluchzte gerührt ob des kitschigen Schlusses. An manchen Tagen war er derart sentimental, dass ihm bereits die Reklamesklaven, die zwischen Chor und nächstem Epeisodion auf die Bühne sprangen, um für ~~Ben & Jerry's~~ getrocknete Feigen zu werben, die Tränen in die Augen trieben.

Sarkaste drückte ihn tröstend an sich und fragte sich dabei, wie lang sie wohl noch in der Lage wäre, dem augenscheinlich eierlosen Heuler hier die Mutti zu geben, während sie doch ganz was anderes wollte. Sie verfluchte sich und sämtliche biochemischen Prozesse dieser Welt. Vor allem aber verfluchte sie Herakles.

»Möchtest du ein Taschentuch?«, fragte sie dennoch sanft. Herakles schniefte dankbar.

Der Thyrrenischen Tante tausend Drachmen aus der Börse ziehen

Die Thyrrenische Tante war superreich und supergeizig. Auf ihre Kohle passte sie auf wie ein Schießhund. Bettler wurden unter ihrem Blick zu Stein und Straßenmusikanten zu Scheiße. Egal, ob Gott, Mensch oder Steuereintreiber: Noch keinem Wesen auf der gesamten Erdscheibe war es je gelungen, ihr auch nur einen Chalkus abzuluchsen.

Damit hatte sie Eurystheus' Ehrgeiz angestachelt, den er, wie es sich für einen Mann seines Ranges geziemte, stets von seinen Untertanen befriedigen ließ. So sah man zu Jahresbeginn verlässlich ein halbes Dutzend Diener an seiner Stelle durch die Grünanlagen des Palastes joggen. Sie rauchten auch nicht mehr. Aber schon Mitte Januar ließ die Lauftätigkeit bereits deutlich nach und alle qualmten wieder. Die königlichen Neujahrsvorsätze hatten offenbar nicht lang gehalten.

Als »Untertan mit besonderem Aufgabengebiet« hatte Herakles eine ähnliche Funktion wie besagte Diener inne. Allerdings musste er nicht an Eurystheus' Stelle abnehmen oder netter zu den Menschen sein. Er war vielmehr der Mann für anspruchsvolle Fälle, und der kommende zählte definitiv dazu.

Die Reise nach Thyrrenien verlief weitgehend ereignislos. Er watete durch die Fürchterliche Schweinerei von Skiathos, beschimpfte den Notorischen Nager von Nautilos und traf schließlich auf die Pegida von Pappos, eine vieltausendköpfige Schlange, die in entsprechend vielen Zungen log. Herakles erschlug das unehrliche Untier mit einer zusammengerollten *Mykener Morgenpost*. Er überquerte die Meerenge von Malaka in einer Bummelgaleere und musste schließlich über Bord springen, um das letzte Stück des Weges schwimmend zurückzulegen. Der ruhig gelegene Kurort, in dem die Thyrrenische Tante wohnte, war nur ein Bedarfshalt.

Als seine Kleidung getrocknet war, lud Herakles die Tante in eine Konditorei ein. Sie liebte Einladungen. Wegen ihrer Knauserigkeit, die sie auch sich selbst gegenüber zelebrierte, schlug sie bei solchen Gelegenheiten immer gnadenlos zu. Vor dem siebten Stück Kuchen zog sie noch nicht mal den Mantel aus.

Herakles beobachtete entspannt, wie sich die Muhme mit Styxwälder Feigentorte den Bauch vollschlug. Der Bewirtungsrechnung sah er diesmal ohne Sorge entgegen. Die Einladung war nichts als eine notwendige Investition, die einer weit höheren Einnahme das Feld bereiten würde: Unser Freund hatte einen feinen Trick ersonnen, um der Tante die Kohle aus der Börse zu leiern.

Streng genommen handelte es sich bei dem »feinen Trick« schlicht um Betrug an einer hilflosen Seniorin, doch Herakles hatte keinerlei schlechtes Gewissen. Immerhin würde er die Beute den Armen geben. Beziehungsweise *dem* Armen: sich. Und einen kleinen Anteil seinem Auftraggeber, Eurystheus. Die Alte hätte eben »nicht mehr dabeigehabt«, würde er ihm weismachen. Von »alles abliefern« war in der Dienstanweisung schließlich nicht die

Rede. Sondern lediglich von tausend Drachmen. Er aber plante, mindestens dreitausend abzugreifen, wenn möglich noch mehr.

»Du liebst doch Tiere?« Mit einem scheinbar unverfänglichen Gesprächsbeginn befestigte er einen fetten Köder am Haken.

Die Tante nickte eifrig. Der volle Mund hinderte sie am Sprechen. Doch Herakles wusste auch so Bescheid: Die Liebe der Tante zum Tier war so groß wie ihr Hass auf den Menschen, eine Konstellation, die sich bei verbitterten Personen häufig findet. Und ebenso typisch für einen derartigen Charakter, wies die Tante auch ein Übermaß an zuckrig falschem Sentiment auf, das sie selbst für Mitgefühl hielt, obwohl es doch nur Selbstmitleid war, welches sich aus der Abneigung gegen alle speiste, die nicht ihren Namen trugen und ihr Spiegelbild aufwiesen.

»Die Athener Eulen sind in großer Not.« Herakles warf nunmehr die Angel aus. »Wegen der steigenden Luftverschmutzung durch Holz-, Mist- und olympische Feuer verlieren sie vermehrt die Orientierung. Plötzlich trifft man sie hundert Meilen entfernt an – in Korinth, in Volos oder sogar in Alexandroupolis. Wo sie nicht zu Hause sind. Das ist eine ganz, ganz große Tragödie …«

Er versuchte, betroffen dreinzublicken, während er heimlich der Wirkung seiner Worte auf die Tante nachspürte. Als ihm klar war, dass sie angebissen hatte, wuchtete er einen Stapel Prospekte auf den Tisch. »Hier, guck mal. Ich habe da was vorbereitet.«

Die Steintafeln zeigten Bilder von kleinen Eulen, die den Betrachter mit großen runden Augen traurig anstarrten. Dann wieder Eulen, die jubelnd die Flügelchen hoben und einander umarmten – im Hintergrund die Akropolis. Schließlich noch ein paar abschreckende Beispiele von orientierungslos umherirrenden Eulen, leeren Blickes, abgemagert, zu Fuß. Eine trank Urin aus einem Holzkanister.

Die Tante schluckte. »Kann man da denn überhaupt nichts machen?« Die Kuchengabel hatte sie beiseitegelegt und eine Sekunde lang schien es gar so, als wäre ihr der Appetit vergangen.

Darauf hatte Herakles gewartet. Es war nun an der Zeit, die Schnur mit dem Fang einzuholen. »Doch«, nickte er. »Kann man. Zum Glück. Darum zeige ich dir die Bilder. Du hast ja auch die fröhlichen Eulen gesehen. Die haben es mit menschlicher Hilfe zurückgeschafft. Es gibt da die Organisation *Oylos Caros*, die es sich zur Aufgabe gemacht hat, die verirrten kleinen Eulen zurück nach Athen zu tragen. Doch das kostet Geld.« Herakles seufzte. »Viel Geld. Denn die Helfer arbeiten zwar ehrenamtlich, aber für Futter, Transportkäfige und Tierpsychologen werden gewaltige Mittel benötigt. Zwar spendet jeder, der auch nur einmal das Geheul der armen Tiere gehört hat, doch das reicht noch längst nicht.«

»Wo kann man denn da spenden?« Die Thyrrenische Tante ließ sich ohne Gegenwehr an Land ziehen. »Und wie viel hältst du für angebracht?« In Gedanken sah Herakles sein in Stein gehauenes Ebenbild vor sich: Der rechte Fuß ruhte triumphierend auf einem gefangenen Grauhai von riesenhafter Größe.

»Oh, das ist kinderleicht«, sagte er. »Auch dafür habe

ich etwas vorbereitet.« Er kramte zu seinen Füßen herum und förderte eine weitere Tafel zutage, in die eine Preisliste gemeißelt war. »Hör zu«, sagte er. »Das Schöne daran: Es wird im Grunde immer billiger: Für den Einstiegspreis von zweitausend Drachmen kannst du dreihundert Eulen retten, für dreitausend schon achthundert und für viertausend bereits zweitausend Eulen, die ohne deine Hilfe ihre Heimat niemals wiedersehen würden. Auf den Stückpreis umgerechnet, ist das praktisch geschenkt! Und das Beste kommt noch.« Er wühlte kurz in seiner Tunika und zog eine billige Holzplakette hervor. »Jeder Spender bekommt einen dieser Orden ›Retter der Eulen von Athen‹. Ist das nicht toll?«

Ohne ein weiteres Wort zog die Tante einen großen Sack aus dem Korb ihres Rollators, der neben ihrem Stuhl stand. Dann einen zweiten. Sie löste die Verschnürungen der Beutel, schüttete den Inhalt auf den Tisch und zählte erstaunlich behände: »Das hier wären jetzt viertausend Drachmen. In Silber.«

Herakles hüpfte das Herz. Natürlich hatte er für diesen Moment ebenfalls etwas vorbereitet. Es musste schnell gehen, bevor ihm die Tante womöglich zurück ins Wasser sprang. Auf seinen Wink hin trat ein schmucker Bursche in Dienstmannstunika hinter einer der pseudodorischen Säulen, die den Innenraum der Konditorei mehr verbarrikadierten denn schmückten, hervor und an den Tisch.

Überweisungsträger waren das allerneueste Ding: berittene Boten, die mit dem angewiesenen Betrag zum jeweiligen Empfänger eilten. Nachdem Herakles der weltfremden Tante die moderne Zahlungsmethode erklärt hatte, nahm der Träger den Geldsack dankend in Empfang. Mit einem Hämmerchen durchschlug er das Quittungsformular aus schneeweißem Naxos-Marmor, behielt seine Hälfte und überreichte den Durchschlag der Tante.

»Beeilen Sie sich, junger Mann.« Gerührt von der eigenen Großherzigkeit strich sie sich über den fusseligen Kinnbart. »Jede Sekunde zählt.«

Der Überweisungsträger nickte beflissen. Er tippte grüßend an die Mütze und stiefelte mit dem Sack davon.

Die Sache war bombensicher. Von allen Seiten. Er würde das Geld kriegen, denn er hatte den Boten in der Hand: Mehrere scharf gemeißelte Beweisbilder, die den jungen Mann dabei zeigten, wie er nächtens Wahlplakate der »Goldenen Morgenlatte« mit Ares-Bärtchen verunzierte. Wenn die in die Hände der Fascho-Truppe gerieten, wäre er seines Lebens nicht mehr froh.

Auf der anderen Seite war es für die Tante kaum nachprüfbar, ob das Geld den richtigen Empfänger erreichte. Was zudem nicht mehr in Herakles' Verantwortung lag: Denn die Überweisungsträger wurden auf ihrem Weg oft von Banditen bis aufs Arschkassiber ausgeraubt und anschließend in tausend Stücke gerissen. Oder – noch häufiger – sie drückten die Lieferung dem nächstbesten Nachbarn in die Krallen, ohne dem rechtmäßigen Adressaten einen Benachrichtigungszettel zu hinterlassen.

Herakles frohlockte. Der ahnungslose Eurystheus würde sich über tausend Drachmen freuen, die Arbeit war getan und er selber hatte sein Spesenkonto sauber aufgestockt. Da hatte er doch tatsächlich drei Eulen mit einer Klappe geschlagen.

Dem Krassen Köter von Korinth in den Arsch treten und ihn mit der Schnauze in seine eigene Kackwurst tunken

»Wo ist eigentlich Papa?« Wenn Herakles »Papa« sagte, meinte er stets seinen Stiefvater Amphitryon, denn sein Erzeuger Zeus fand angesichts der regen Produktion weiterer Kuckuckskinder nicht einmal Zeit für die obligatorischen Besuchswochenenden.

Alkmene seufzte: »Mal wieder in irgendeinem Krieg. Frag mich nicht. Ich wette, irgendein Arsch hat irgendeinem anderen Arsch die Rinder gemopst und der Herr Antikeweltcowboy denkt, er muss ihn jetzt aus der Scheiße reiten. Dein Vater eben. Wichtigwichtigwichtig. Aber nur für seine Klienten. Und ich bin wieder monatelang allein.« Sie seufzte erneut tief auf und köpfte eine Amphore. Gluck, gluck, gluck.

Jetzt seufzte Herakles. Erinnerungen an bessere Zeiten stiegen in ihm hoch. Er sah sich als kleinen Dreikäsehalbgott zusammen mit seinem Bruder Iphikles, Alkmene und Amphitryon im Zoo von Theben. Am liebsten mochte er die Dinosaurier. Die waren in Wahrheit nur halbherzige Rückzüchtungen aus Elefanten und Leguanen, doch Herakles bewunderte den Anblick, wie sie mit dem Futter spielten, indem sie Pferde oder Bäume hoch in die Luft schleuderten und mit den Eckzähnen wieder auffingen. Auch besuchte er jedes Mal den Teumessischen Fuchs, ein sagenhaftes Tier, das niemals eingefangen werden konnte. Deshalb hielt man es in einem extrem ausbruchssicheren Käfig. *Verbreitungsgebiet: Nur hier,* stand auf einem Schild vor der Anlage.

Aber irgendwer muss ihn doch mal gefangen haben, um ihn einzusperren?, hatte der kleine Herakles nicht doof gedacht. Da war er doch tatsächlich schon in jungen Jahren einem ausgewachsenen Paradoxon auf die Spur gekommen.

Leider lag auch auf diesen seltenen Momenten familiären Glücks ein Schatten. Alkmene trank heimlich aus kleinen Flachamphoren, die im doppelten Boden ihrer Handtasche steckten. Danach lutschte sie kleine, in Minzsud getunkte Kieselsteine. Amphitryon durfte nichts merken, denn seit der Sache mit Zeus stand er ohnehin schon mit einer Sandale beim Scheidungsrichter. So begann des kleinen Herakles fatale Karriere als Co-Abhängiger, der half zu verbergen, wo eher Hilfe von außen nötig gewesen wäre.

Die Tierliebe war Herakles aus jener Zeit jedoch geblieben. Über die Jahre war sie sogar noch größer geworden. Er ging den Ameisen beim Bau ihrer Straßen zur Hand, den Vögeln beim Brüten, den Igeln beim Kämmen der Stacheln. Entsprechend freute er sich auf die anstehende Arbeit, die Tierschutz- und Hygienegedanken perfekt vereinte.

Leichten Herzens ließ er seine Mutter in ihrem gattenlosen Elend zurück und ritt auf einem geleasten Einhorn nach Korinth. Auf halbem Wege besuchte er den Boliden Pankreas, einen entfernten Vetter, der mit einer üblen Stichwunde im Kreiskrankenhaus von Diaphragma lag und noch nicht vernehmungsfähig war. Appetit hatte er ebenfalls keinen. Herakles durfte seine Bratwurst mit Kartoffelpüree haben und zog gestärkt weiter Richtung Peloponnes.

Dass er sich Korinth näherte, erkannte er schon hundert Stadien vor der Stadt an einem üblen Geruch, der die Pflanzen verdorren und die Tiere flüchten ließ. Bald weigerte sich das Einhorn, auch nur einen Schritt weiterzugehen. Er band den weinerlichen Fabelhufer an einen Olivenbaum und ging den Rest des Wegs zu Fuß.

Bereits in der Banlieue waren die Signale erkennbar auf Aufbruch gestellt. Die Häuser waren verwaist, davor standen die Bewohner neben Karren, auf denen sich Möbel und Vorräte stapelten. Sie trugen Schutztuniken aus Asbest sowie Atemmasken vor Mund und Nase. Vereinzelt qualmten in den Straßen Mistfeuer, um die Luftqualität zu verbessern. Es stank bis zum Olymp.

Schnell erkannte der Halbgott, der sich als Einziger ohne Mundschutz bewegen konnte, die Ursache der Katastrophe: Nur eine Elle neben seine Sandale setzte ein räudig aussehender Mischlingshund den mächtigsten Haufen, den er je gesehen hatte.

Überraschen konnte ihn das freilich nicht. Während des Aufenthalts bei seiner Mutter in Theben hatte er ausgiebig Zeit gehabt, das entsprechende Dossier zu studieren. Übereinstimmende Zeugenaussagen hatten in die gesamte antike Welt hinaus gemeldet, dass die Lage in Korinth beschissen war. Die Stadt wurde von einem unbezwingbaren Wesen verheert, dessen mächtiger Appetit wohl nur noch von seiner Verdauung übertroffen wurde: dem Krassen Köter von Korinth.

Wo immer es ging und stand, ließ das augenscheinlich herrenlose Tier fallen, was es gerade drückte. Ob mit Schaufeln oder Ochsenkarren – man kam nicht hinterher. Auf den Feldern, in den Gärten, in den Straßen und den Hauseingängen lag klafterhoch der Unrat. Nicht mal vor dem Tempel der Aphrodite machte der Krasse Köter halt. Ihm war weder mit gutem Zureden noch mit Drohungen der Tempelwächter beizukommen. Dann knurrte er böse, fletschte die Zähne und kackte einfach weiter. Die jungen Pärchen, die einst in Massen herbeigeströmt waren, um hier ihre Liebe zu besiegeln, blieben aus. Die Besucherattraktion lag brach. Eine Jauchegrube ist nun mal kein Platz zum Turteln.

Bald war die Lage derart eskaliert, dass auf einem gedachten Diagramm die rote Kurve der Einsicht die grüne der Hoffnung erstmals überragte: Korinth musste aufgegeben und komplett dem Köter überlassen werden. Die Wagen waren schon mit Hab und Gut bepackt, als sich die Ältesten in ihrer Not an den ~~Kaiser~~ Herrscher von Mykene wandten. Von dem ging nämlich weithin die Kunde, dass er einen fabelhaften ~~Katsche~~ Trottel beschäftigte, der ihm auch noch die unmöglichsten Arbeiten erledigte. Quasi ein hyperqualifizierter Ein-Drachmen-Jobber mit Hochschulabschluss. Für je nach Arbeit zwei bis fünf Talente konnte man ihn bei Eurystheus mieten.

Als die Korinther nun Herakles dabei beobachteten, wie er ohne sichtlichen Ekel und mit wissenschaftlichem Interesse die Exkremente untersuchte, wussten sie, dass ihre letzte Hoffnung eingetroffen war, und bewarfen ihn matt mit Blumen und Geschenken.

Der bescheidene Halbgott achtete nicht darauf. »Die Losung ist noch frisch«, bemerkte er stattdessen. »Das Tier muss hier ganz in der Nähe sein.« Ein etwas redundantes Statement, denn schließlich hatte der Köter gerade fast auf seine Füße gekotet. Und da er gelernt hatte, dass ihn hier keiner mehr an seinem Treiben hinderte, blieb er rotzfrech am Tatort stehen und wedelte sogar vage mit dem Schwanz.

Gleich sollte er jedoch seinen Meister finden, der auch und gerade in seiner Eigenschaft als Tierfreund wusste, dass es nicht selten die harte Hand ist, die dem treuen Freunde letztlich mehr dient als bequemes Laissez-faire.

»Nein, nein, nein!«, schrie also Herakles und trat dem Krassen Köter saftig in den Arsch. Dann packte er ihn am Nackenfell und stukte ihn mit der Schnauze voran in den noch warmen Haufen. »Pfui, pfui, pfui! Das ist gaanz pfui! Das ist gaanz, gaanz pfui! Du bist ein ganz böser Krasser Köter von Korinth!«

Der Köter jaulte angstvoll. So etwas hatte er noch nie erlebt und auch nicht für möglich gehalten. Die Umstehenden klatschten Beifall. Zwei, drei Voreilige begannen sogar schon damit, die ersten Dinge wieder von den Karren abzuladen. Dies war die allererste Arbeit, bei der Herakles das Gefühl hatte, etwas für die Allgemeinheit Nützliches zu tun.

»Wem gehört denn eigentlich das Vieh?«, fragte er in die Menge.

»Mir. Was dagegen?« Vor ihm baute sich ein hochgewachsener Typ mit grüngefärbter Keltenfrisur und durchlöcherter Nietentunika auf: der Pöbelnde Punk von Pergamon. Seit ihm die Behörden für Pergamon und fast den ganzen Rest der antiken Welt Platzverweise ausgesprochen hatten, lungerte er in Korinth herum. *MORGENLATTE VERTREIBEN!* und *ACAB* stand in Versalien auf seine Tunika geschmiert. Er schwankte wie ein Schilfrohr im Sturm. In der einen eine halbvolle Amphore billigen Brennnesselweins, streckte er die andere Hand Herakles fordernd entgegen. »Haste mal 'ne Drachme, Alter?«

Um für die anstehende Belehrung eine positive Gesprächsatmosphäre zu schaffen, kramte Herakles in seiner Tunika und fand ein Zweidrachmenstück, das er dem Schnorrer in die Hand drückte.

»Griechenland muss sterben, damit wir leben können«, grölte dieser gut gelaunt. Das Geldstück hatte auf ihn eine ähnliche Wirkung wie auf den Münzschlitz einer Juke-Box: Auf Kommando wurden viel zu laute Lieder abgespielt, die kein Schwein hören wollte.

Herakles lächelte süßsauer. Geschickt passte er den Moment ab, da sich der Pöbelnde Punk von Pergamon im vergeblichen Bemühen, gleichzeitig zu schreien und zu trinken, verschluckte, und zog eine Handvoll eng gewirkter Leinensäckchen hervor. »Ich hab hier ein megaschaues Tool entwickelt.« Anbiedernd versuchte er sich in einer Sprache, die er für die seines Gegenübers hielt. »Check das aus: Immer wenn der Krasse Köter irgendwo sein Häufchen macht, nimmst du so einen Beutel und, hier, ich zeig dir das mal ...« Zu Demonstrationszwecken krempelte Herakles eines der Säckchen auf links, stülpte es über die rechte Hand und führte sie an das Häufchen, in das er eben noch die Schnauze des Köters gestukt hatte. »... guck, jetzt nimmst du den Haufen auf, wendest mit der Linken den Sack wieder richtig herum und knotest ihn zu, ohne dir die Hände schmutzig zu machen. Und fertig. Alles kapiert?«

»Nö, ey, wozu denn das, ey?«, lallte der Punk. »Was ist denn das für eine abgefahrene Faschoscheiße?« Der Krasse Köter von Korinth knurrte schon wieder und schiss wohl an die drei Scheffel mitten auf die Straße. Von dem zuvor erlittenen Schock hatte er sich offensichtlich schnell wieder erholt.

Herakles resignierte und bedeutete den Korinthern, getrost mit der Evakuierung ihres Drecklochs fortzufahren. Schließlich hatte er seinen Teil der Arbeit korrekt ausgeführt. Wenn die Leute hier zu faul, zu doof oder zu gutmütig waren, ihren Punker und damit auch den Köter in den Griff zu bekommen, konnte er ja nichts dafür.

Das sahen die am Ende auch ein. Der Korintherkönig Perplex maulte zwar ein wenig, unterschrieb dann aber doch den Tätigkeitsnachweis, den Herakles ihm vor die Nase hielt. Die Schrift war kaum leserlich, so zitterte der Meißel in der Hand des Herrschers, der immerhin im Begriffe war, Heimat, Hof und Habe zu verlieren. Doch Eurystheus würde Herakles die Echtheit der Signatur ungeprüft abnehmen. Denn das war ja das einzig Schöne an ihrem Verhältnis: dass es auf tiefem gegenseitigem Vertrauen fußte – dem des einen in die tölpelhafte Ehrlichkeit des anderen und dem des anderen in die grenzenlose Niedertracht des einen.

Das Orakel von Delphi kreuzweise durch den Kakao ziehen

Das Orakel von Delphi hielt sich für oberschlau. Jedes Mal wenn irgendein König nicht mehr weiterwusste und seine Berater ebenfalls nicht, gurkte er nach Delphi. Die Orakelheinis lachten dann schon innerlich, ließen sich jedoch nichts anmerken. Zu groß war der Spaß, denn im Grunde hatten sie ja selber keine Ahnung. Sogar mit Ratgebern aus der Bahnhofsbuchhandlung wären ihre Kunden besser bedient gewesen.

Als zusätzlichen Gag hatten die Delphianer ersonnen, dass nur Fragen gestellt werden durften, die man entweder mit Ja oder mit Nein beantworten konnte. Das ergab in den meisten Fällen überhaupt keinen Sinn, da komplexe geopolitische Zusammenhänge involviert waren, aber mit den Königen konnte man es ja machen. Sobald sie in Delphi aufschlugen, war sowieso klar, dass ihre Verzweiflung so groß sein musste, dass sie längst auch ihren Verstand aufgefressen hatte.

Nicht anders war es Eurystheus ergangen, bevor er auf der Hochebene von Pistazien gegen den Intrigen Ixos zu Felde zog. Natürlich wollte er wissen, was da auf ihn zukäme: Wie stark der Intrige war, ob er über Kampfnilpferde verfügte und ob es geraten sei, sich auf dem Ausflug Regensachen mitzunehmen. Solche Dinge. Das Internet steckte nun mal noch höllisch in den Kinderschuhen. Ob bei Hellas Telecom, Pelophones oder Kabelgriechenland – egal, bei welchem Anbieter man es auch versuchte, dauerte es viele tausend Jahre, bis sich eine Seite überhaupt nur aufgebaut hatte. Sonst hätte man ja auch einfach googeln können, zum Beispiel nach »Ixos + Heeresstärke« oder »Wer gewinnt den Krieg?«. So aber blieb mal wieder nur das Orakel von Delphi.

Um es kurz zu machen: Er wurde vom Personal dort nach Strich und Faden verarscht, anschließend von Ixos mörderisch verdroschen und barg sich auf einem halben Pferde noch so eben hinter den rettenden Zinnen von Mykene.

Herakles – wer sonst? – war dazu ausersehen, es dem Orakel mit gleicher Münze heimzuzahlen. Ein lebensgefährliches Unterfangen, da die Delphianer völlig ironiefrei waren, sobald sich ein Scherz mal gegen sie selber richtete. Dann konnten sie in einer Weise ausflippen, die beim besten Willen nicht mehr schön war. Eurystheus tat jedoch großzügig, als er das Ganze als Spaziergang abtat und diesen dem Herakles »dennoch als volle Arbeit« anzurechnen versprach.

Der machte sich sogleich flott auf den Weg, durchquerte den Strom Pangasius, rang den Achtarmigen Amorphos von Algebra nieder, zähmte den Zykladischen Zwitter und erreichte am zehnten Tage schließlich Delphi. Herakles hatte es eilig, allzumal er mit den Ratefüchsen selber noch ein Hühnchen zu rupfen hatte. Die hatten ihn schließlich in die ganze Scheiße erst hineingeritten.

Das Orakel war ausgeschildert. Vor dem Apollontempel lungerten die Mitglieder des Fünfmännerrats, zwei

Oberpriester und die Chefcheckerin Pythia herum und rauchten. Es war Montag und offenbar nicht viel zu tun. Herakles ging tapfer auf sie zu, verbeugte sich und stellte seine Frage: »Was macht eine Blondine in der Wüste?«

Er hielt den Atem an. Würden sie an dieser Stelle bereits bemerken, dass er das Orakel kreuzweise durch den Kakao zu ziehen trachtete, wäre alles aus und man würde ihn den Mörderischen Mardern von Malamatina zum Fraß vorwerfen.

Doch nichts dergleichen. Die drei machten ein ernsthaftes Gesicht, auch wenn sich einer der Priester kurz wegdrehte und ein verräterisches Glucksen hören ließ, und nickten. Zur Vorbereitung auf die kommende Farce begab sich die Pythia mit Herakles und den zwei Oberpriestern zu einer nahen Quelle, entkleidete sich betont langsam und planschte völlig nackt darin herum, um, wie sie sagte, »absolut rein« zu werden. Natürlich war ihr sonnenklar, wie sehr sie den prüden Herakles mit ihrem Strip verunsicherte. Obwohl das Wasser saukalt sein musste, räkelte sie sich ein ums andere Mal lasziv, nur um den tugendhaften Halbgott noch mehr zu provozieren. Doch der hatte sich mit einer schwarzen, fast blickdichten Sonnenbrille präpariert, um kühlen Kopf zu bewahren. Schließlich wusste man ja, wie das Orakel ablief, und die Badenummer gehörte dem Vernehmen nach zum Standard.

Nach einer gefühlten Ewigkeit kam die Priesterin aus dem Wasser und zog sich die Klamotten wieder an, während Herakles konzentriert auf seine Sandalen blickte und die von den Strapazen der Wanderung schmutzigen Zehen zählte. Eins. Zwei. Drei. Vier. Fünf. Die Priesterin gürtete ihr Kleid und flocht ihr Haar auf Julia-Timoschenko-Art. Sechs. Sieben. Acht. Neun. Zehn. Alle da. Nach einem kräftigen Schluck aus einer zweiten Quelle zog die Gruppe zurück zum Tempel des Apoll. Dort, am Altar der Hestia, formte die Pythia ihre Hände vor dem Mund zum Trichter und zog heftig den aufsteigenden Rauch ein.

Irgendjemand unter dem Altar rauchte offensichtlich einen Riesenjoint, es roch wie in einer Kneipe für fröhliche Versager. Die Pythia grinste auch schon so komisch. Und die wollte jetzt also weissagen. In diesem Zustand. Wo blieb die Polizei? Kein Wunder, dass die kriegführenden Herrscher hinterher durch die Bank die irrsinnigsten Entscheidungen trafen.

Na, der würde das Grinsen vergehen. Herakles setzte ein frommes Gesicht auf, damit weiterhin jeder glauben musste, er nähme die Show ernst. Die begann nun nämlich erst richtig.

»Was du heute kannst besorgen, das verschiebe nicht auf morgen«, erbrach die Pythia nunmehr den ersten einer Reihe mit altem Senf gefüllter Glückskekse und versuchte, dabei nicht lauthals loszulachen. Die Ja-Nein-Regel galt offenbar nur, wenn sie zufällig mal dran dachte. Ein passenderer Name für Delphi wäre Willkürhausen gewesen.

»Mkaayy …«, gab Herakles vor, ihre Worte in seinem Herzen zu bewegen.

»Wer andern eine Grube gräbt, fällt selbst hinein.«

»Super. Danke.«

»Morgenstund hat Gold im Mund.«

»Wow. Ehrlich?«

»Ja, Priesterinnenehrenwort«, hauchte die Pythia. »Ich kann dir das Ganze gern auch noch schriftlich geben.« Sie zog einen hochmodernen Papyrusblock aus dem Gewand, schmierte den Extrakt ihres Laberflashs auf das oberste Blatt und riss es ab. Dann reichte sie es dem Herakles, der einen schnellen Blick drauf warf: unleserlich wie ein Arztrezept.

Von der Büroarbeit, vor allem aber wohl von einer Überdosis Delphi Haze ermattet, sank die Pythia neben dem Altar nieder. Die Oberpriester und der Fünfmännerrat guckten so wichtig, als hätten sie gerade die Chinesische Mauer gebaut. Sie schnallten immer noch nichts. Herakles feixte. »Trinke das Blut deiner Feinde unverdünnt, und du erkennst die Blutgruppe am Geschmack«, murmelte er ein spartanisches Sprichwort. Das tat er freilich so leise, dass ihn keiner hören konnte. Pfeifend verließ er den Tempel und warf den Zettel in den Mülleimer neben dem Eingang. Eurystheus würde zufrieden sein.

Beim Cholerischen Quatschkopp klingeln und einfach wegrennen

»Meine Damen und Herren, wir begrüßen Sie an Bord unserer Galeere G360 auf unserer Fahrt nach Cholera ... Sicherheitsvorkehrungen ... Crewsklaven ... Druckverlust ... mitreisende Kinder ... unter jedem Sitz befindet sich eine Meeresschildkröte ... die Lippen an das Spundloch, um sie aufzublasen ... Notausgänge, die alle mit dem Wort GREXIT ... Anschnallzeichen ... blablabla ...«

Herakles passte nicht auf. Wozu brauchte ein Halbgott eine Rettungsschildkröte? Gelangweilt blätterte er im marmornen Magazin mit den Bordshop-Angeboten. Das Heft war so schwer, dass es alleine fast das Schiff zum Sinken brachte. Und ausgerechnet heute trat auch noch der Dickwanst von Daktylos eine Reise zu seiner dürren Schwester an, der aalgleichen Anorexia von Aleppo. Das war schon ein verdammt blöder Zufall, denn meistens besuchte sie ihn und dabei hatte es niemals Probleme irgendeiner Art gegeben.

Schnaufend belegte der Dickwanst die gesamte Sitzreihe neben Herakles und quetschte den Armen ordentlich ein. Doch zum Glück nicht lange, denn gleich nach dem Ablegen ging die überladene Galeere unter wie ein Stein, und da niemand schwimmen konnte, überlebte Herakles als Einziger. Um ihn herum wuselten unaufgeblasen die befreiten Schildkröten. Pudelnass kletterte er aus dem

Hafenbecken. Nun würde er leider wieder zu Fuß gehen müssen.

Nach nur wenigen Wochen flotten Marsches erreichte Herakles die Freie Hansestadt Cholera. Dort fand er schnell das Mietshaus, in dem der Cholerische Quatschkopp wohnte. Es handelte sich um das einzige Hochhaus des klassischen Altertums und war somit schon von Weitem leicht auszumachen. Zwar hatte es auch den sogenannten »Turm zu Babel« gegeben, doch infolge sprachlicher Missverständnisse zwischen den einheimischen Architekten und den ausführenden Fremdarbeitern musste man das ganze Gebäude wegen einer verpfuschten Entrauchungsanlage einreißen. Auch der Leuchtturm von Alexandria fiel aus der Wertung, da diese nur Mietshäuser anerkannte.

Wohlgemut studierte er das Klingelschild. Eine kleine Kniffelei steckte noch hinter der Frage, welcher Klingelknopf nun überhaupt der richtige wäre. Denn selbstverständlich hieß der Quatschkopp in Wirklichkeit ganz anders. Quatschkopp nannten ihn die Neider, die er wegen seiner Attraktivität und zahllosen Talente auf sich gezogen hatte. Er verstand die Knarztröte zu blasen wie kein Zweiter, kochte besser als Bacchus (der sich vor der Rückkehr von der Toilette an den Herd übrigens nie die Hände wusch) und haute wunderschöne Bilder von Sonnenuntergängen in den Stein.

Grübelnd stand Herakles vor dem Klingelschild. Überlegte kurz, ob er wahllos bei Souvlakis oder Papadopoulos läuten sollte, deren Namen ihm am besten gefielen. Doch dann kämen womöglich die Falschen heruntergestürmt und die Hausgemeinschaft wäre fortan alarmiert.

Durch logisches Denken kam Herakles schließlich auf die Lösung. Hätte der Quatschkopp zum Beispiel im zehnten Stock gewohnt, hätte Eurystheus ja persönlich klingeln können. Wenn es um alberne Streiche ging, legte der ja gern mal selbst mit Hand an. Aber natürlich nur, wenn nicht das geringste Risiko drohte. Folglich wohnte der Cholerische Quatschkopp im Erdgeschoss, von wo aus er im Nu beim Klingelgangster wäre. Parterre stand nur ein einziger Name auf dem Schild: Andreas Dalmatinaidis. Herakles klingelte.

»Ja bitte?«, fragte der Quatschkopp überaus freundlich durch das Gegensprechrohr. Dass jemand um diese Tageszeit an der Tür klingelte, erregte an sich noch nicht seinen Verdacht. Mal standen die »Zeugen Gaias«, mit denen er gern stundenlang plauderte, vor der Tür, mal der Tod und mal der Postbote. Und trotz der Boshaftigkeit seiner Nachbarn nahm er für sie bereitwillig Pakete entgegen. In seiner Kammer stapelten sich Dorische Säulen, in Versandhäusern bestellte Tuniken und kleine trojanische Pferde, aus denen schon nach wenigen Tagen behelmtes Ungeziefer kroch und lärmend randalierte. Er verlor dennoch nicht seine Engelsgeduld. Ein weiterer Grund für seine sanfte Stimme war, dass er eine größere Drogenlieferung erwartete. Deren willkommene Wirkung wiederum trug ein gerüttelt Maß Schuld an seinem wenig schmeichelhaften Spitznamen.

Herakles antwortete nicht, sondern ließ die Freundlichkeit des Quatschkopps ins Leere laufen. Sobald der sich jedoch ausgesülzt hatte, klingelte er einfach ein zweites Mal.

»Ja. Wer ist da bitte?«

Herakles unterdrückte ein Kichern und schwieg.

Das Ganze wiederholte sich noch ein paarmal, und als der Quatschkopp endlich geschnallt hatte, dass er bloß gefoppt wurde, riss er das Fenster auf, reckte seinen Kopf hinaus und brüllte: »Klingelstreich? Na warte, Bürschchen – gleich kannst du was erleben!«

Herakles rannte sofort weg, aber der Quatschkopp verfolgte ihn ohnehin nicht. Dazu war ihm die Sache zu unwichtig. Er war noch nicht mal richtig sauer. Das Gebrüll war eher aufgesetzt, um potentielle Wiederholungstäter abzuschrecken. Das half in den meisten Fällen, außer vielleicht gegen den Levantinischen Lausbuben. Doch auch der sollte ja dem Hörensagen nach deutlich ruhiger geworden sein. In bester Laune schloss der Quatschkopp das Fenster wieder.

Das war ja fix gegangen. Herakles war happy. Doch er hatte sich zu früh gefreut, denn auf der Rückreise trat ihm am Isthmos von Akrylien der Tumbler von Tetris mit einem großen Heer entgegen. Dazu Katapulte, Brandfackeln und Kampfgiraffen, die von oben böse auf den Feind herunterguckten. Das Verhältnis hunderttausend gegen einen schien auf den ersten Blick sehr ungleich, doch der eine war immerhin Herakles.

Und, was die Tetriter unbedingt hätten wissen müssen: Unfairness konnte Herakles sehr zornig machen, noch zorniger, als er im Kampf ohnehin schon war. Wenn sich jemand in der Schlange an der Fuhrwerkshaltestelle vordrängelte, beim Ringen einen Dolch verwendete oder einen blinden Bettler bestahl, entfachte sein Gerechtigkeitssinn Riesenkräfte. Wutschnaubend umzingelte er deshalb in einer blitzschnellen Finte das gesamte Heer, stieß an der rechten Flanke brachial ins Zentrum durch und nahm dem Tumbler die Brille weg. Als dessen Mannen ihren Herrn so kampfunfähig sahen, stoben sie schreiend in alle Richtungen davon. Herakles hatte gesiegt.

Er verfolgte die Fliehenden noch eine Weile, streckte hier einen nieder und nahm dort einen gefangen. Insgesamt tötete er wohl fünftausend, an die achtzigtausend ergaben sich am Ende.

Aber dieser auf den ersten Blick hübsche Prestigeerfolg erwies sich bald als klassisches Eigentor, denn die logistischen Anforderungen waren exorbitant. Er musste sämtliche Personalien aufnehmen, ein Lager errichten, Zäune, Baracken, Duschräume, Personal einstellen und Versorgungsstrukturen schaffen. Herakles war schließlich keiner, der seine Gefangenen einfach hungern und sterben ließ. Kurzzeitig keimte in ihm sogar der Verdacht, dass sich einige allzu leicht ergeben hatten, so erwartungsfroh blitzten die Äuglein derer, die mit ihrem Essgeschirr am Küchentresen des Gefangenenlagers angetreten waren. Besonders der Nachtisch hatte es in sich – das sprach sich schnell herum. Aus ganz Akrylien strömten die Hungrigen herbei. Das Heer des Tumblers dürfte das einzige in der Geschichte gewesen sein, das nach einer verheerenden Niederlage noch wuchs. Kurz meinte Herakles, auch den Odysseus in der Menge der Schmausenden gesichtet zu haben, doch das konnte eigentlich nicht sein. Niemals hätte sich der lammfromme Idiot in die Dienste eines Kriegsherrn begeben. Oder vielleicht doch?

Auf diese Weise läpperte sich der Zeitaufwand für die ansonsten eher anspruchslose Arbeit auf ein gutes Jahr zusammen. Aus Heimweh versuchte Herakles, dem Treiben ein Ende zu setzen und die Gefangenen sukzessive freizulassen. Doch die reagierten mittlerweile wie verschüchterte Hauskatzen auf die Weite des Himmels und die Grenzenlosigkeit der Ebene. Sie schnupperten nur kurz und huschten anschließend zitternd in ihr sicheres Gehege zurück. Schließlich zogen sie selber von innen eine feste Mauer um das Areal und gründeten so die Stadt Damaskus. Erst jetzt war Herakles' Mission beendet.

Den Phönizischen Frechdachs voll in die Pfanne hauen

»Nach Phönizien??« Herakles war entsetzt. »Den Frechdachs? Das ist doch Wahnsinn! Wie soll ich denn da hinkommen? Und wie soll ich den finden?«

»Na, am besten mit der U-Bahn. Mehringdamm umsteigen.« Eurystheus verdrehte genervt die Augen. Wenn er etwas hasste, dann waren das unselbständige Halbgötter. Sollte er ihm vielleicht auch noch die Socken rauslegen?

»Wie? Womit? Wo umsteigen? Was ist umsteigen?«

»Mann, das war ein Wi-hitz. Denk dir doch einfach was aus. Galeere, Ochse, Steckenpferd – was weiß ich denn. Hast *du* Frau und Kinder umgebracht, oder ich? Glaubst du im Ernst, dass dir zur Belohnung für diese Heldentat auch noch ein Reisebüro den Trip organisiert? Bloß mal zur Erinnerung: Das sind Arbeiten und keine Butterfahrten.«

»Aber das ist doch am Arsch der Welt«, jammerte Herakles. »Das dauert doch Myriaden! Und der Frechdachs ist hammerscheu! Wenn der bloß den Schatten seines eigenen Hasenpaniers im Augenwinkel erahnt, bleiben die kommenden drei Generationen konsequent im Bunker. Keine Ahnung, welcher Idiot den ausgerechnet ›Frechdachs‹ genannt hat?«

»Am Ende der Welt«, verbesserte Eurystheus schnell und ohne auf Herakles' Frage einzugehen. »Einen Arsch haben Tiere oder Menschen oder Götter. Die Welt hat ein Ende.«

Herakles kochte. Er musste für eine doofe Arbeit ewig weit latschen, und dieser Besserwisser kam ihm noch mit Wortklaubereien. Wer würde sich während der langen Zeit um seine alkoholkranke Mutter kümmern? Wer den Esel füttern? Eurystheus ganz bestimmt nicht. Doch er hatte keine Wahl. Bewährungshelfer war nämlich ebenfalls der König. Unter diesen Umständen gegen die Auflagen zu verstoßen, wäre schon sehr fahrlässig gewesen.

Für den nächsten Morgen stellte Herakles den Hahn sehr früh. Als der krähte, würgte er das Tier verschlafen, bis es schwieg. Er trank einen Distelkaffee, verzehrte ein Hörnchen und schnürte sein Bündel: eine große Bratpfanne, eine Amphore mit kaltem Pfefferminztee, zwei Tiropita, ein Feuerstein, eine Umweltkarte Tarifzone ABC für die Mittelmeergaleeren sowie Unterwäsche zum Wechseln. Dann machte er sich auf den weiten Weg.

Acht Gebirge waren zu überwinden, sieben Meere zu überqueren, sechs Sümpfe zu durchstaksen und fünf Wälder zu durchwandern. Er ekelte sich vor vier Raststättentoiletten, langweilte sich in drei Einöden, fiel auf zwei Fata Morganen herein und erreichte nach siegreichem Kampf gegen den Unheimlichen Uhu von Olfe schließlich das hinterste Ende der Erdscheibe. Last Exit Phönizien. Weiter ging es hier allenfalls für Suizidanten oder Basejumper. Herakles fand, man hätte ruhig das eine oder andere Warnschild aufstellen können, doch wenigstens stand ein Ordner da.

»Vorsicht«, sagte der Aufpasser. Er trug eine orangefarbene Weste mit der Aufschrift *Uranos Security.* »Keinen Schritt weiter. Von der Erdkante zurücktreten, bitte. Eltern haften für ihre Kinder.«

Jetzt erst sah Herakles, dass auf den Schultern des Ordners etwas ruhte, das reichlich luftig aussah. Wie ein riesengroßes Nichts. Dennoch krümmte sich der Träger unter seiner nicht vorhandenen Last: Was für eine bizarre Pantomime! Es war, als hätte der Anämische Löwe eine Umzugsfirma aufgemacht.

»Is schwer?«, grinste Herakles, aber der Typ war offenbar nicht zu Scherzen aufgelegt.

»Mein dummer Freund«, sagte der Sicherheitsmann wichtig. »Das ist das Himmelsgewölbe.« Er klang ein wenig eingeschnappt.

»Das Himmelsgewölbe: ja, klar. Und nun: die Lottozahlen.«

»Du glaubst mir nicht, wie? Kleiner Klugscheißer, was? Euch Halbgötter hab ich echt gefressen. Ihr mit eurem Halbwissen! Pass mal auf: Wenn ich hier loslasse, fliegt uns der ganze Kram aber mal so was von achtkant um die Ohren. Da bleibt kein Auge trocken.«

»Doch, doch – ich glaub's«, kicherte Herakles. Einem Irren muss man zum Scheine immer zustimmen – das wusste man schon in der Antike. »Wie heißt du, wackerer Weltenschlepper?«

»Atlas.«

»Atlas?« Der Halbgott staunte. »Also wie im Erdkundeunterricht? Mit den Karten der ganzen antiken Welt drin, von Mesopotamien bis Gallia Transalpina? Wie kühl ist das denn!« Die Erinnerung an seine Schulzeit brachte Herakles zum Schwärmen. »Ich konnte sämtliche Nebenflüsse des Styx aufzählen, bei Dr. Kiriakos, fünfte Klasse. Wart mal, ich glaub, ich krieg die noch alle zusammen – da gab's doch so 'ne Eselsbrücke …«

Atlas kotzte fast. Die phantasielosen Anspielungen auf seinen Namen gingen ihm schon lange auf die Nerven. Seinen Vornamen, Welt, sagte er gleich gar nicht mehr dazu, weil das darauf folgende Hallo jede Weiterführung eines vernünftigen Gespräches torpedierte. Und nun noch dieser Angeber! Er stöhnte. Hier war es zwar oft einsam, doch in Momenten wie diesem sah er auch klar die Vorteile der Abgeschiedenheit.

»Wer fließt von wo aus in den Styx, das ist einfacher wie nix: Pangasius und Koriander komm' von Süden miteinander; Euphrat, Kackmaus, Adelheid machen Styx von Norden breit.« Herakles verbeugte sich neckisch. Aus der Schulzeit hatte er sich alles gemerkt. Er war ein guter Schüler gewesen. Warum auch nicht – gemobbt wurde er ja sowieso. Wegen seines Sprachfehlers, wegen seiner Mutter, weil er unehelich war. Der Ruf eines Strebers fiel da kaum noch ins Gewicht.

Atlas bezweifelte, dass es Flüsse gab, die Kackmaus oder Adelheid hießen, konnte das in seiner Lage jedoch schwerlich nachprüfen. Selbst wenn er ein Smartphone gehabt hätte, hätte er noch immer nicht die Hände frei. Doch womöglich ließe sich das nun mithilfe dieses eitlen Trottels ändern. Und nicht nur das: Sein ganzes Leben könnte einen neuen, vielseitigeren und weitaus befriedigenderen Verlauf annehmen. Abendabitur, Studium, Beruf. Frau, Kinder und ein Dach über dem Kopf. Einmal so richtig mit Zahnseide in alle Zahnzwischenräume.

»Ich muss mal für kleine Titanen«, sagte Atlas listig. »Dringend. Kannst du dir vorstellen, wie mir inzwischen die Blase drückt? Pass auf, ich mach dir zwei Vorschläge: A. Du langst in meine Tunika, holst mein Glied heraus und hältst es so lange, bis ich gegen die Säule hier gestrullert habe.«

»Und B?«, fragte Herakles, dem Vorschlag A nur mäßig behagte.

»Du übernimmst mal eben kurz den Himmel für mich.«

»Okay.« Neugierig geworden, trat Herakles heran. Erst jetzt merkte er, wie sehr Atlas nach altem Schweiß stank. Und nach Urin. Und nach Patschuli. Mit angehaltenem Atem griff er über dessen Schulter hinweg an den Rand des Himmelsgewölbes. Das fühlte sich komisch an. Hätte er beschreiben sollen wie, hätte er es wohl mit »irgendwie nicht wie was, aber doch auch wie was« versucht. Doch zum Glück sollte er das gar nicht.

»Vorsichtig«, kommandierte Atlas. »Gaaanz vorsichtig. So. Hast du links?«

»Hab ich.«

»Dann lad ich die eine Ecke mal ganz kurz auf der Säule ab und fass dann von der anderen Seite an. Hast du?«

»Ja, alles klar.«

»So, ich hab's jetzt wieder. Kannst schieben!«

»Hooo … Ruck!«

»Links hab ich jetzt. Hast du rechts?«

»Ja. Scheiße, Mann, ist das unhandlich! Wieso gibt's denn hier keine Tragegurte?«

»Tragegurte sind für Pussys. Komm, du schaffst das schon: Und jetzt mit beiden Armen …«

»Okay.«

»Ich lass jetzt los. Auf Kommando – hast du?«

»Ja, ich hab's.«

»Eins … zwei … drei!« Atlas ließ los und Herakles trug nun allein das ganze Himmelsgewölbe. Krass. Weil er war ja ziemlich klein. Genauer gesagt exakt drei Ellen, eine Spanne und zwei Finger hoch. Und das Himmelsgewölbe war verdammt groß. Aber bis auf ein paar Sterne, Vögel und Raumschiffe bestand es in der Tat nur aus Luft. Die Dimensionen täuschten also. Herakles fühlte sich daran erinnert, wie er mal eine riesige Federkernmatratze ganz allein von *Matratzen-Hypnos* in Theben nach Hause getragen hatte. Das hatte sicher ähnlich komisch ausgesehen.

»Aah, wie gut das tut!« Aus Richtung der Säule ertönte lang anhaltendes Plätschern.

»Für was sind denn die Säulen eigentlich da?«, wollte Herakles wissen. »Also außer zum Dranpissen?« Ihm taten jetzt doch die Arme weh. Allein vom Hochhalten. Buchstäblich erleichtert stellte er fest, dass, sobald er die Muskelspannung ein wenig verringerte, das Gewölbe dennoch kein Stück nachgab.

»Na, zum Teil ruht da schon das Himmelsgewölbe drauf. Hast du doch gesehen. Allein mit Muskelkraft könnte man das kaum zig Milliarden Jahre lang wuppen. Sorry, aber bei aller Liebe nicht.«

Herakles sah sich in seiner Ahnung bestätigt. »Hast du eigentlich jemals versucht, komplett loszulassen? So, dass der Himmel allein von den Säulen getragen wird?«

»Nein, das hält nicht.« Atlas schüttelte entschieden den Kopf. Was für ein Wichtigtuer. Ohne ihn ging hier angeblich gar nichts – eine typische Haltung für untere Führungsebenen in körperlichen Berufen. Polierlatein. »Dazu kommt, dass kürzlich eine Unmenge Harnsäure das Material angegriffen und die Statik einer Säule beschädigt hat. Irgendjemand muss die mit circa zwanzig Hektolitern hochdruckgekärchert haben. Anders kann so ein starker Schaden gar nicht entstehen. Scheißtouristen.«

»Irgendjemand« war gut. »Kürzlich« war noch besser. Entweder war dieser Atlas schizophren oder hochgradig dement. »Wenn du jetzt fertig bist, können wir ja wieder tauschen«, schlug Herakles vor.

»Nö«, meinte Atlas. »Ich finde, du machst das ganz gut. Sieht echt professionell aus, als hättest du nie was anderes gemacht. Du trägst das jetzt bis ans Ende deiner Tage.«

»Mach ich nicht.«

»Doch.«

»Nein.«

»Doch.«

»Neinneinneinneinneinneinneinneinnein!!«

»Dochdochdochdochdochdochdochdoch!!«

»Weißt du, was du mich kannst?«, fragte Herakles und ließ das Gewölbe unsanft auf die Säulen krachen. Es blitzte und donnerte gefährlich.

»Waaahh, spinnst du?«, schrie Atlas panisch, eilte herbei und lud den Himmel wieder auf seine Schultern.

Herakles schüttelte den Kopf, damit sich Mitleid und Verachtung besser darin mischten: Dieser Security-Mann hatte doch eine pathologische Kontrollmacke. Das war ja noch schlimmer, als man es der berüchtigten Hybris nachsagte, die penibel über die korrekte Nutzung der Goldenen Geschirrspülmaschine von Smyrna wachte. Jede Verrichtung musste haarklein so erfolgen, wie Atlas sich das vorstellte und gewohnt war und meinte, dass es richtig wäre, obwohl es anders vielleicht praktischer, oder, mein Gott, eben einfach nur anders war, so what.

Aber das war sein Privatproblem. Herakles empfahl sich mit einem höhnischen Gruß und hätte vor lauter Genugtuung doch fast das Entscheidende vergessen: seinen Auftrag, der als de facto undurchführbar galt. Selbst der hochtalentierte Kollege Sisyphos hatte sich, vor die Wahl gestellt, sofort für eine leichtere Alternativaufgabe entschieden. Doch für den hatte auch kein Atlas unfreiwillig die entscheidende Vorarbeit geleistet.

Denn unter der zuvor eingenässten Säule raschelte es, und ein schwarz-weiß gezeichnetes Tierchen erschien niesend am Ausgang seines Baus. Im wahrsten Sinne des Wortes bedröppelt schielte es in die Abendsonne. Herakles, der hinter ihm im Gegenwind stand, hatte wenig Mühe, den desorientierten Frechdachs mit einem gut gezielten Hieb seiner gusseisernen Pfanne zu erlegen. Nun musste er den Braten nur noch konservieren, damit er auf dem langen Rückweg vom Ende der Welt nicht verdarb.

Phönizischer Frechdachs

(Rezept für acht Personen)

1 geräucherter oder gepökelter Frechdachs (3–5 kg, ausgenommen, gesäubert, mit Knochen),

3 EL Olivenöl,
100 g durchwachsener Speck,
2 Schalotten,
1 große Mohrrübe,
1 saurer Apfel,
3 Knoblauchzehen,
2 EL Senf,
Salz, Pfeffer, Majoran,
1 Nelke,
1 Wacholderbeere,
2 Lorbeerblätter,
½ l Ziegenbrühe,
½ l Rotwein.

Den Frechdachs mit Salz und Pfeffer würzen und mit Senf einreiben. Im offenen Bräter zunächst mit dem gewürfelten Speck zusammen in Öl scharf anbraten. Die gewürfelten Schalotten, die Möhre und den Apfel mitbräunen und mit der Brühe mehrfach ablöschen. Die restlichen Gewürze und den feingehackten Knoblauch zugeben und zwei Stunden bei mäßiger Hitze zugedeckt schmoren. Zwischendurch regelmäßig mit Rotwein übergießen.

Dazu reicht man am besten Weißbrot oder Petersilienkartoffeln.

Eine Kurzstrecke für die Bombastische Bimmelbahn von Babylon lösen und damit eiskalt bis zur Endstation durchfahren

Fast freute sich Herakles auf diese Arbeit, denn die Bombastische Bimmelbahn von Babylon galt als das vierte Weltwunder. Doch warum ausgerechnet das vierte? Die Erklärung ist simpel: Die ersten drei Weltwunder waren älter, die nächsten sieben jünger als die Bimmelbahn. Diese bestand aus mehreren leichten Waggons, die von dreihundert Trampeltieren gezogen wurden, an deren Hälsen bei jedem Schritt ein Glöckchen bimmelte.

Erneut war der Weg zum Einsatzort gewaltig. Diesmal ging es so ziemlich ans andere Ende der Welt. Herakles verdingte sich mithilfe eines gefälschten Schlachtenlenkerzeugnisses beim Emo von Epidermis als Heerführer. Dessen Eroberungspläne führten in die gewünschte Gegend, sodass der Halbgott den Feldzug als Mitfahrgelegenheit nutzen konnte.

Kurz vor Ninive verließ Herakles die rettungslos eingekesselte Armee des Emos. Dieser heulte Rotz und Wasser, doch unser Held zeigte keinerlei Mitleid mit dem gescheiterten Imperialisten: Wenn er, der Emo von Epidermis, nicht gleich aufhören würde zu plärren, dann werde er in Kürze einen echten Grund dazu haben. Daraufhin verstummte der Emo und fügte sich in sein Schicksal.

Auf dem Bahnsteig in Ninive-Nord studierte Herakles die Informationstafel, doch die Suche nach einem günstigen Anschluss Richtung Babylon-City gestaltete sich kompliziert. Eine zerlumpte und offenkundig verwirrte Gestalt, die mit triefenden Augen versuchte, die Abfahrtszeiten zu entziffern, verstellte ihm den Blick auf Fahrplan und Wagenstandanzeiger.

Au Mann, dieser Odysseus schon wieder. Er hätte den Hilflosen ja gern der Bahnhofsmission zugeführt, doch der kleine Vorortbahnhof verfügte über keine Filiale dieser spröden Retter.

Sanft, aber bestimmt schob Herakles ihn beiseite, fand die gewünschte Verbindung und begab sich zum Fahrkartenschalter. Beim Verkaufssklaven erwarb er ein Kurzstreckenticket für drei Drachmen fünfzig. Der reguläre Preis von hier bis nach Babylon hätte dreihundert betragen, doch das sollte ihn nicht weiter kümmern. Denn Eurystheus hatte ihm aufgetragen, das verhasste Transportunternehmen gründlich zu prellen.

Musste sich doch der König einst ausziehen, bekam vom Schaffner Schläge auf den Popo und durfte anschließend bis auf seine Krone nackt von Mesopotamien nach Mykene zurücklaufen, nur weil er einen Phantasiezuschlag fürs Zeitunglesen im Bordbistro nicht bezahlen wollte. Das Babylonische kannte für die Worte »Diplomatische Immunität«, »Kulanz« und »Inkasso-Unternehmen« nur einen einzigen Sammelbegriff und der bedeutete auf Altgriechisch in etwa so viel wie »Auf die Fresse«. Also im Grunde ganz was anderes.

Die Bimmelbahn kam pünktlich. Im Zug blickten ihn die mitfahrenden Sumerer finster an. Auch sprach keiner seine Sprache. Rassisten wahrscheinlich, dachte Herakles.

Das »Arische Ejakulat«, die hiesige Version der »Goldenen Morgenlatte«, fand leider auch hier viele Anhänger. Er lümmelte sich in seinen Sitz, schloss die Augen und versuchte auch die Nase auf Stand-by zu switchen, um den unangenehmen Geruch der hartgekochten Eier auszublenden, die die sumerische Kleinfamilie neben ihm pellte.

»Von den Zugestiegenen die Fahrausweise, bitte«, ertönte da von hinten eine Stimme. Doch was heißt schon »Stimme«? Es war ein grauenerregendes Geräusch, irgendwo zwischen dem Keckern eines Hyänenrudels, das ein junges Gnu zerreißt, noch ehe es den letzten Atemzug getan, und dem Röhren eines reihernden Zechers, das nachts durch die menschenleeren Gassen hallt. Das Wort »bitte« stak, von seiner ursprünglichen Bedeutung meilenweit entfernt, wie ein schmerzender Pfeil in den gemarterten Trommelfellen der Passagiere.

Herakles drehte sich um und stellte fest, dass die Erscheinung gut zur Stimme passte: Der Fahrkartenkontrolleur der Bombastischen Bimmelbahn von Babylon war furchtbar. Er besaß neun Köpfe, deren Mäuler je mit einer Reihe von tausend messerscharfen Zähnen versehen waren. Seine riesige Kontrollzange bestand aus Feuer, das sich aus den schwarzen Flammen des Pyriphlegethon speiste, und seine Uniformtunika ähnelte der, die man Tausende Jahre später bei der Reichsbahn tragen würde.

Rasch waren die Tickets der Fahrgäste vor ihm verbrannt und schon war die Reihe an Herakles. Frech hielt der seine Kurzstreckenkarte in die Höhe. Kaum merklich zitterte ihm die Hand dabei.

Die Mitfahrer hielten den Atem an. Eine freudige Spannung lag in der Luft, ein angenehmer Grusel, wie man ihn auch von öffentlichen Hinrichtungen kannte, da sich das Amüsement der Schaulustigen mit dem Mitleid für den Verurteilten die Waage hielt. Mit einem erhöhten Beförderungsentgelt von sechzig Drachmen wäre die Sache jedenfalls kaum beizulegen.

Das Hyänenrudel belferte kakophonisch auf Herakles ein: Eine Unverschämtheit! Mit einer Kurzstrecke. Von Ninive nach Babylon. Fast vierhundert Meilen. Eine Kurzstrecke! Gerade noch von Ninive-Nord bis Ninive-Bratenbüttel. Aber doch nicht bis Babylon! Ein Dummkopf, ein Betrüger, ein Souvlaki-Fresser, ein Schädling, eine Wanze. Die jetzt sterben müsse, und wenn nun noch eine Frage nach dem Wie käme, dann wäre hier die Antwort: grausamst.

Zwar verstand Herakles fließend Babylonisch, das er sich als junger Halbgott in der Volkshochschule zu Theben angeeignet hatte. Er erinnerte sich an den Lehrer, Professor Hur Enson-Esphahar, und das nach Bohnerwachs miefende Klassenzimmer, wo sich neben ihm noch ein Dutzend Irdische hinter die engen Bänke geklemmt hatte. Er hatte sich damals gefragt, wozu Irdische überhaupt Fremdsprachen lernten, angesichts der kurzen Lebenszeit, die ihnen vergönnt war? Den Würmern wäre es egal, ob ihre Kunden schlau schmeckten. Er beschloss jedoch, sich hier und heute besser dumm zu stellen.

»Nix weiß«, sagte Herakles auf Babylonisch. »Ich Tourist. Nix weiß. Danke, guten Tag. Wo Turmruine? Ein Bier bitte.«

Der Schaffner schäumte. Seine neuntausend Zähne knirschten gefährlich, die Zange hob sich, ein letztes Loch in den Leib des Frevlers zu brennen. Doch irgendwas tief in seinem Inneren aus Bosheit, Zorn und Zahnschmerzen ließ ihn zögern: War es der Fotoapparat aus typisch griechisch bemalter Keramik, der auf der Brust des Schwarzfahrers baumelte? Der marmorne Faltplan von Mesopotamien in seiner Hand? Die Sonnenbrille auf seinem Kopf?

Ein Missverständnis änderte die Lage: Herakles, der sich für ein besseres Hörverständnis oft babylonische Komödien ansah, starrte Sumerern stets automatisch unter die Gürtellinie, wo gewöhnlich die zwergwüchsigen Untertitelsklaven mitliefen. Die Betroffenen fassten das gerne mal falsch auf – womöglich waren ihre finsteren Blicke der Ausdruck einer stillen, weil mit Angst gepaarten, Wut auf den vermeintlichen Spanner.

Den Kontrolleur aber verunsicherte der Blick auf seinen Unterleib. Er errötete sogar leicht. Herakles schien zufällig den einzigen wunden Punkt in der stählernen Seele des Ticket-Cyborgs erwischt zu haben. Sich dessen nun bewusst, legte er gezielt noch eine Schippe drauf: »Euer Hosenstall steht offen.«

Eigentlich hätte der so Angesprochene ob der plötzlich aufblühenden Sprachkenntnisse seines Gegenübers stutzig werden müssen. Doch stattdessen blockierte ein sperriger Gedankenstrang komplett die bescheidenen Kapazitäten seines Hirns: Mein Hosenstall! Boah! Mein Hosenstall ist offen! Wie peinlich ist das denn! Mein Hosenstall! Wie lang das wohl schon geht?! Warum! Nur! Ist! Mein! Hosenstall! Schon! Wieder! Sperrangelweit! Offen … Eine zweite Eingebung schob sich langsam vor die erste: Ich guck wohl besser mal.

Er blickte an sich hinunter und tatsächlich: Der Reißverschluss seiner dunkelblauen Tunika hing auf Nullmast, sodass jeder die hervorblitzende und augenscheinlich nicht ganz frische Feinripp-Untertunika bewundern konnte.

Der Kontrolleur der Bombastischen Bimmelbahn von Babylon wurde kreidebleich und schnappte nach Luft. Die anderen Sumerer im Zug lachten. Auf einmal war Herakles von Liebe erfüllt, jetzt wusste er wieder, warum er die unendliche Mühe auf sich genommen hatte, ihre Sprache zu erlernen. Denn erschienen sie im ersten Moment auch etwas unzugänglich, so wohnte, lernte man sie näher kennen und ließ sich auf sie ein, hinter der Fassade ein zauberhafter Witz und tiefe Herzensgüte.

Das Bahnvieh ließ seine Zange fallen, schrie gellend auf und flüchtete schamerfüllt durch den Mittelgang – von Herakles' Fahrschein war längst nicht mehr die Rede. Das Ungeheuer hatte kaum den Durchgang zum nächsten Wagen erreicht, als es einen heftigen Knall tat und der Kontrolleur vor Erniedrigung platzte. Blut und Innereien spritzten umher, das glitschige, zuckende Herz landete im Schoß einer an ihrem Fensterplatz eingenickten alten Dame. »Personalwechsel«, rief ein Scherzbold. Nun konnten sich die Sumerer nicht mehr halten vor Lachen und auch die erwachte Omi stimmte nach einer ersten Schrecksekunde munter mit ein.

So wurde es doch noch eine entspannte und fröhliche Fahrt. Ohne weiter behelligt zu werden, fuhr Herakles unter Tarif bis zur Endstation. Dort verabschiedete ihn eine angenehme Geisterstimme, die gleichzeitig von überall und nirgendwo erklang.

»Wir bedanken uns, dass Sie sich für die Bombastische Bimmelbahn von Babylon entschieden haben, und wünschen Ihnen einen schönen Tag oder eine angenehme Weiterreise.«

Die Durchsage wurde sogar auf Altgriechisch wiederholt. Na also, ging doch.

Dem Hysteriker von Hormus ins Hirn scheißen

»Der tollkühne Herakles aber,
Sohn des allmächtigen Zeus
und der stets gut gelaunten Alkmene,
griff sich den heulenden Hysteriker,
öffnete mit einem Hiebe
seines messerscharfen Sinupreths,
den ihm Hephaistos einst geschmiedet
auf kleiner Flamme
seines göttlichen Herdes Miele,
die Decke des Schädels,
daraus der unnützen Gedanken Flut
strömte
und versickerte in der fruchtbaren Erde
rund um Hormus,
daselbst der Dattel zücht'ge Pracht,
des Rosmarinens grüngegürtet Kleid,
der Eselsblume laubsames Gewächs
gründelnd keimten und strebten empor.
In den Gedanken viel der Hast,
des blinden Eifers und hysterischen Getus,
Nervosität, Gereiztheit,
Schwachsinn, Unrast
und viel überflüssig zänkisches Gesumm:
Von all diesen üblen Soßen

des neurotischen Nervenbündels
befreite uns Herakles,
der heldenhafte, tugendsame
Sohn des Zeus,
ach, das hatte ich schon,
kackte,
kaum dass der Schädel des Hysterikers
sich vollständig
geleert,
in die so entstand'ne Höhlung
kräftig wohl hinein
des eignen Darmes Ernte,
Unrat, Geschiss und dünner Dung
aus Tsatsiki, Kaffee und verölten Pommes,
sie dergestalten zu versiegeln,
auf dass niemals mehr
hysterisches Gewese
sich bemächt'gen möge
des Zappelphilipps
krausen Hirns.«

Humor verbeugte sich schweißtriefend. Herakles klatschte laut. Da war er allerdings der Einzige – andere murrten, kicherten oder waren eingeschlafen. Der Halbgott verstand die Welt nicht mehr: Wenigstens dieses eine Mal hatte der Dichter seine, Herakles', Leistung toll getroffen und in wohlgestalte Worte gefasst. Vielleicht war der Alte ja doch nicht so übel. Bis zum heutigen Abend hatte er ihn stets für einen Blender gehalten und ursprünglich auch vorgehabt, ihn bei dieser Gelegenheit für sein früheres Geschmier zur

Rechenschaft zu ziehen. Doch hier waren die Musen offenbar geschlossen angetreten, um ihn aber mal so richtig fett mit Zunge zu küssen. Denn nach diesem Kurzepos erschien er ihm auf einmal wie ein prototypischer Vertreter der Neuen Sachlichkeit. Lyrik lag dem Altmeister offenkundig mehr als Kulturjournalismus. Vielleicht war er ja doch kein feiger Schleimer. Immerhin konnte er Herakles nicht sehen, der sich unter das Publikum der »Spartanischen Schlichterdacht«, des bedeutenden Slams von Sparta, gemischt hatte.

»Bravo!!« Herakles erhob sich in der Hoffnung, erkannt zu werden – das hatte er sich schließlich verdient: Die sachgerechte Bändigung des Hysterikers war nicht leicht gewesen, auch wenn sie der Alt-Slammer in künstlerischer Freiheit zur simplen Klempnertätigkeit verdichtet hatte. Tatsächlich aber hatte der Hysteriker geschrien und geweint, gekratzt, gebissen und gespuckt. Sein schöner Sinupreth mit dem kunstvoll geschnitzten elfenbeinernen Griff kam mit dem harten Schädel des Tobenden nicht zurande, sodass er schließlich an die zwanzigmal mit der Streitaxt zuschlagen musste. Auch das Scheißen hatte danach nicht mal eben so hopplahopp funktioniert, doch das Problem kannte er ja schon von den Olympischen Spielen, wo Dopingproben für Halbgötter und Kentauren obligatorisch waren.

Aber Humors Herangehensweise fand er vollkommen okay, diese bewusst gewählten, plakativen Fantasy-Elemente waren gar nicht übel. Und toll auch, wie brandaktuell Humor seine Themen wählte! Der Hysteriker war kaum kalt, da – bamm – stand schon der literarische Kommentar dazu. Herakles liebte Spoken-Word-Performances. Deshalb hatte er ja auf seiner Rückreise aus Hormus diesen Zwischenstopp in Sparta eingelegt. Um zu entspannen und sich mit etwas Kultur für den erfolgreichen Trip zu belohnen.

»Humor ist, wenn man trotzdem lacht«, bemerkte ein Zuhörer bissig. Die Tussi neben ihm keckerte folgsam. Und als wäre das noch nicht genug, stieß sie nun ihren Gespielen an und deutete auf den applaudierenden Halbgott. Wieder kicherten beide.

Herakles kochte. Da hatten sich ja zwei unreife Banausen gefunden! Er beschloss, die Spötter zur Rede zu stellen, was bei ihm paradoxerweise stets gleichbedeutend mit »zum Schweigen zu bringen« war. Und zwar für immer.

»D-d-d-das f-f-f-findet ihr w-w-w-wohl w-w-w-itzig, was?« Wie so oft, wenn Herakles besonders wütend war, stotterte er stark.

»T-t-t-t-total.« Der Kerl, er hieß übrigens Prometheus, äffte ihn zu allem Überfluss nun auch noch nach. Es war sonnenklar, dass er sich nur vor seiner Schnalle produzieren wollte. Das gelang. Bewundernd blickte sie zu ihrem Idioten auf und lachte erneut unterwürfig. »Gib's dem Spasten, Prommi.«

Herakles wich so rasend das Blut aus dem Schädel, dass ihm kurzzeitig schwarz vor Augen wurde. Wie unglaublich dumm dieses Mädchen war und ohne eigenes Rückgrat, ein Dolchstoß in den Rücken des Frühfeminismus. Und schön noch dazu. Herakles seufzte. Sehr, sehr schön. Jammerschade, was für ein grausames Schicksal den beiden nun bevorstand.

Eine superschmutzige Kaffeetasse in die Goldene Geschirrspülmaschine von Smyrna stellen (obwohl die schon total voll war)

Herakles war in den Palast des Eurystheus einbestellt worden und wartete im Dienstbotenzimmer auf Anweisungen. Er wusste nicht, was der Typ schon wieder von ihm wollte. Schließlich beulten sich die Cargotaschen seiner blauen Arbeitstunika von den Laufzetteln für die noch zu erledigenden Punkte, und er war ganz schön im Stress. Schon der Anfahrtsweg zur Goldenen Geschirrspülmaschine von Smyrna war von großen Gefahren nur so gepflastert.

Eurystheus kam hereingestolpert.

»Harlekin!«

»Ich heiße Herakles«, brummte dieser. Er ärgerte sich. Nach sechzehn Jahren könnte sich der König seinen Namen ruhig mal merken.

»Egal: Harlekin, Herakles, Hackepeter …«, beschied Eurystheus gut gelaunt. Er wirkte angetrunken.

Und so war es auch. »Mein lieber Harlekin, begib dich doch mal eben zur Pferdetanke und hol mir ein paar Amphoren germanischer Hopfengärung. Am besten gleich einen Sechserträger.«

»Gilt das auch als offizielle Arbeit?«, fragte Herakles nur wenig hoffnungsvoll.

»Nein. Als Bitte. Aber als absolut verbindliche.«

Ha. Den Ausdruck »verbindliche Bitte« kannte Herakles schon, ebenso wie den bunten Strauß Alternativen, den ihm Eurystheus für den Fall der Nichterfüllung in Aussicht stellte. Die nur mäßig fairen Optionen lauteten in ihrer alphabetischen Reihenfolge: Bungee-Jumping ohne Seil vom Aquädukt von Kavala; einen Rückwärtsköpper von der Seite machen, wenn der Bärbeißige Bademeister von Bodrum Beckenaufsicht hatte; seine eigenen Eier zum Frühstück essen – hier wurden ihm immerhin drei zusätzliche Wahlmöglichkeiten gewährt: als Rührei, gekocht oder gebraten.

Da kam Herakles der »Bitte« lieber gleich als später nach, denn sollte das königliche Ansinnen bereits das Sechzehnuhrläuten gehört haben, konnte es fast schon zu spät sein. Erfahrungsgemäß sorgte der Restalkohol der Vornacht bei Eurystheus bis zum frühen Nachmittag für glänzende Laune. Milde scherzte er sogar mit Putzsklaven und Nebenfrauen. Nur aufmerksamen Beobachtern wäre aufgefallen, dass die Tonlage dabei immer eine kleine Spur zu laut, die Wortwahl für seine Verhältnisse einen Tick zu leger war. Am späteren Nachmittag schlug die Stimmung jedoch schlagartig um.

Man konnte fast die Sanduhr danach stellen. Plötzlich schien der König von Gereiztheit, Angst und unerklärlichen Schuldgefühlen geplagt, die er wiederum an anderen ausließ, denn die vom Wohlstandsalkoholismus weit aufgerissenen Synapsen wollten wenigstens mit Wut gefüttert werden: Köpfen, Vierteilen, den Krokos im Burggraben zum Fraß vorwerfen, und am nächsten Tag waren die Schuldgefühle noch größer. Er war ja schließlich kein Unmensch. Ein größenwahnsinniges Schwein, ja, ein eitler, selbstgerechter Trunkenbold, gewiss auch ein arrogantes Vieh, ein unerträglicher Besserwisser, eine seelenlose Fickmaschine, ein Tyrann, Feigling, Opportunist und Snuff-Gladiatorenkampf-Konsument. Auch ein rechter Dreckspatz. Aber kein Unmensch. Zumindest hatte er dergleichen noch von keinem Untertanen vernommen und das war ja wohl Beweis genug. Seine Untertanen waren schließlich schlau, die kannten sich aus. In seinen Augen waren es die besten Untertanen der Welt. Ach, er liebte seine Untertanen.

Aber er selber hatte es auch nicht leicht. Fand er. Deshalb schickte er zur Linderung des Spannungszustands spätestens am frühen Abend nach rezeptfreien Beruhigungstropfen. Mal Schnaps, mal Wein, mal Hopfengärung. Und wer durfte da meistens rennen? Herakles.

Zähneknirschend holte der das Gewünschte, stellte es im Palast geräuschvoll auf den Küchentisch und machte sich auf den Weg. Mehrere Meere lagen auf seiner Route. Das Idiotische Meer. Das Quadratische Meer. Das Blaue Meer. Auf dem weiteren Wege besiegte er en passant das Heer des mächtigen Penis von Pergola und lachte gehorsam über den langweiligen Clown von Kosmos, damit der ihn ungeschoren passieren ließ. Kurz vor Ende seiner Reise musste er noch die Schipholische Schlucht durchqueren, wo in einem Tetra Pak aus Granit die vier Thessalischen Tiger hausten und auf Wanderer warteten, die so tollkühn waren, die Schlucht zu betreten.

Zum Glück waren bei seiner Ankunft drei von ihnen bereits tot und der vierte war ausgesprochen klein. Herakles fing ihn lebend in einer Mausefalle und setzte ihn nach dem Verlassen der Schlucht behutsam in einer Blumenwiese ab. Dankbar maunzte das winzige Wesen und schnupperte an einer Blüte. Herakles wurde es warm ums Herz. Doch nur kurz, denn als er den Kopf hob, erblickte er in der Ferne die Goldene Geschirrspülmaschine von Smyrna, das elfte Weltwunder der Antike und gleichzeitig deren Mannschaftskapitän. Die anderen zehn waren in dieser Reihenfolge:

Mit der Nummer eins, im Tor: Der Füllige Fliegenfänger von Famagusta
Nummer zwei: Die Lölfsaitige Leier von Lyrgos
Nummer drei: Das Heilige Hamsterrad von Hebron
Nummer vier: Die Bombastische Bimmelbahn von Babylon
Nummer fünf: Die Selbstreinigende Latrine von Lamda
Nummer sechs: Der Achtkantige Rausschmiss von Rhodos
Nummer sieben: Die Gedrechselte Antwort von Agrigent
Nummer acht: Der Phosphoreszierende Popel von Pompeji
Nummer neun: Die Konische Kinderüberraschung von Kakophonia
Nummer zehn: Die Geile Gegend von Glyfada

Und Nummer elf. Die Goldene Spülmaschine von Smyrna thronte mit tausend mal tausend mal tausend Fuß Fassungsvermögen gewaltig über den Hängen des nahe der Stadt gelegenen Berges Rhododendron. Schon aus vielen Meilen Entfernung konnte man sie in der Sonne schimmern sehen. Kam man jedoch näher, sah man vor der weit geöffneten Lade ein grauenhaftes Wesen über die korrekte Bedienung des Haushaltsgerätes wachen: die Hundertbrüstige Hybris.

Versuchte ein Vorwitziger etwas in die Maschine zu räumen und machte auch nur einen winzigen Fehler, zum Beispiel, dass er ein Wasserglas ein paar Millimeter in das Fach, das die Hybris eigentlich für Eierbecher ausersehen hatte, ragen ließ, so schwakte sie den Unglücklichen mit einem Kick ihrer kräftigen Brüste direkt ins All. Dort bilden die Gescheiterten seitdem die Sterne: Jupiter, Mars, Uranus, Saturn – Letzterer hatte einen Teelöffel in das für Messer vorgesehene Besteckfach geräumt und musste nun als zusätzliche Bestrafung alberne Modeschmuckringe tragen.

Als Eurystheus einmal zum Kuchenessen bei der Hybris eingeladen war, wusch er seine Sachen hinterher unter fließend Wasser mit der Hand ab, da ihm sein Leben lieb war. Doch die Demütigung hatte er nicht vergessen: ein mächtiger König, gebückt über einer verranzten Spüle stehend, den schrill gekreischten Anweisungen der Gastgeberin folgend. Wiederholt war seine Krone dabei ins fettige Spülwasser gefallen. Was zu viel war, war zu viel.

Als Herakles schwitzend den Berg hochstiefelte, kam ihm die Hybris schon entgegengewalzt. Sie gab ihm die Hand und bot besorgt an, ihm die schweren Plastiktüten mit den Mitbringseln abzunehmen. Um sie milde zu stimmen, hatte er nämlich eine Dose mit »Thebanischen Tucken« (eine Art Schmalzgebackenes), Mykenisches Marzipan und eine Schneekugel mit der Akropolis dabei. Männlich lehnte er ab.

Auf der Veranda vor der Spülmaschine war der Kaffeetisch gedeckt. Die Hybris war eigentlich ganz okay. Sie fragte sogar freundlich, ob er Milch oder Zucker in den Kaffee haben wolle, und einen Keks dazu?

Herakles nahm von allem reichlich und tunkte auch das Gebäck ins Heißgetränk, bis die Kaffeetasse superschmutzig war. Sie unterhielten sich über dies und das, lachten gemeinsam über Eurystheus, alles sehr entspannt. Doch Herakles wollte sich von der Atmosphäre keinesfalls täuschen lassen. Als er ausgetrunken hatte, fragte er vorsichtig, ob er die Tasse in die Geschirrspülmaschine stellen könne.

»Die Maschine ist eigentlich schon total voll«, bedauerte die Hybris, zeigte sich dann jedoch äußerst kooperativ: »Ich guck jetzt einfach mal, ob sich da noch was machen lässt. Wenn ich hier zum Beispiel diese beiden Kristallgläser rausnehme. Die sollte ich sowieso besser mit der Hand abwaschen. Ist sicherer.« Vorsichtig zog sie zwei Gläser aus der oberen Lade. »So, jetzt geht's bestimmt. Versuch mal.«

»Wohin jetzt genau?«, wollte Herakles wissen. Natürlich war er argwöhnisch wegen all der Geschichten, die er gehört hatte. Angst hatte er allerdings keine. Wenn ihn die Alte in die Gestirne drosch, segelte er halt mit seinen starken Armen irgendwie zurück. Wozu war er schließlich Halbgott?

»Vollkommen egal«, lachte die Hybris. »Hauptsache, das Ding geht irgendwie noch rein. Apropos. Wollen wir danach vielleicht ein bisschen ficken?«

»Äh, nein.« Herakles wurde rot. »Danke.« Er beeilte

sich, seine Kaffeetasse in der Spülmaschine unterzubringen. Die passte nun natürlich 1 A.

»Ist auch okay. Alles kann, nichts muss.« Die Hybris schien überhaupt nicht kleinlich zu sein. Erstaunlich angesichts der Dinge, die unter anderem Eurystheus erzählt hatte. Aber der Ton macht eben die Musik und Herakles war es gewohnt, überall höflich aufzutreten, solange ihn nicht einer seiner berüchtigten Anfälle überkam.

Sie schnipste noch ein Spül-Tab in das dafür vorgesehene Fach, schloss es, warf lässig die Tür der Maschine zu und drückte den Startknopf. Ein Rumpeln und Rauschen ertönte wie von tausend Wasserfällen und erschütterte den Rhododendron. Rings um den Berg taten sich rauchende Spalten auf und verschluckten Haus, Mensch und Tier. Panik brach aus. Die Luft brannte. Wer noch konnte, floh.

»Ich denke, ich brauch irgendwann doch mal 'ne neue«, kommentierte die Hybris leicht verlegen den Radau, als sie sich von Herakles verabschiedete.

Dem Assyrischen Esel ein Ohr abkauen

»Pass ma auf«, sagte Herakles und rückte so nah an seinen Gesprächspartner heran, dass sich die beiden Barhocker fast berührten. »Ich also mit Perseus auf der Doppelsechs. So wie wir das im Testspiel gegen die Techniker Krankenkasse probiert haben. Da beißt sich sogar Ares die Zähne aus. Vorne dann der unermüdlich ackernde Sisyphos, bescheidene Technik, aber ein Kämpfer vor dem Herrn, der schafft echt gut Räume für die Nachrückenden. Zum Beispiel für Andromeda auf Halbrechts. Weil bei uns spielen ja auch Mädels mit. Nicht so wie bei den Göttern. Athene wär zum Beispiel ganz gut, glaube ich, mit ihrer Dynamik. Aber nein. Die Herren bleiben lieber unter sich: ›Geh mal besser Puppenspielen, Thenchen‹, und son Quatsch. Kein Wunder, dass die dann vor Wut Atlantis versenkt hat. Bei uns Halbgöttern ...« Herakles machte eine weit ausholende Bewegung und fegte um ein Haar die Schnabeltasse seines Gegenübers vom Tresen des *Nimruder Krugs*. »... zählt allein die Leistung. Nicht das Alter, nicht das Geschlecht und nicht die Zahl der Köpfe, Beine oder X-Chromosomen. Oder der Brüste. Also, wenn bei uns ne Amazone anfragt, die gut kicken kann: her damit und herzlich willkommen! Dieselben, rein fachlichen Maßstäbe hätte man ruhig auch an den Schiedsrichter anlegen können. Du kannst dir denken, wer das war, oder? Kannst du dir denken, hm?« Herakles knuffte seinem Gesprächspartner halb grob, halb zärtlich in den Oberarm.

»Nein«, antwortete der Assyrische Esel kurz angebunden. Genau genommen war er auch kein Gesprächspartner, sondern ein Opfer, ein Kotzkübel für den verbalen Erbruch, der in einem fort aus dem mitteilungsbedürftigen Herakles auf ihn einpladderte. Zuerst hatte er sich ja gefreut, als sich der Fremde zu ihm an den Tresen setzte. Er saß sonst immer allein. Doch schnell hatte er gemerkt, dass der andere an einem echten Dialog nicht im Geringsten interessiert war. Und immer weiter rückte ihm der Schwachkopf auf die Pelle.

»Na, der gute alte Chaos natürlich. Es ist immer dasselbe. Zeus verspricht dem Wrack eine Amphore vom Feinsten, wenn er bloß im richtigen falschen Moment die Pfeife in den Mund nimmt, und – zack – siebzigste Minute: Elfmeter! Für absolut nichts, ein angebliches Foul von Agenor an Zeus. Ein völliger Witz: Das war glasklar Ball gespielt! Sogar die Chimären auf der Tribüne haben gelacht. Das Geschenk haut ~~Ronaldo~~ Zeus natürlich selber rein und schon ist er wieder der King. Es ist so zum Kotzen! Und wir hätten allein sieben Handelfer kriegen müssen. Mindestens. Sogar Sokrates hätte das Spiel besser gepfiffen.«

Der Assyrische Esel versuchte verzweifelt, weiter wegzurücken, doch leider kam da schon die Wand. Ein Jammer, dass er so höflich war, sonst hätte er deutlich zum Ausdruck gebracht, was er von derlei aufgezwungenen Unterhaltungen hielt. Und dass es, was nerviges Insider-Gequatsche betraf, für ihn genau ein Thema gab, das er noch ätzender fand als die unsäglichen Gründungsmythen (der erste Blick, die ersten Worte, das erste Date, der erste Kuss und noch intimere Details, die nun wirklich keiner wissen wollte, und wer anfangs wann was wie und warum und von wem gedacht, und muh und mäh und gähn und schnarch ...), mit deren Hilfe befreundete Pärchen ihre nach innen kuschligen und nach außen stachelbewehrten Paargefängnisse verklärten: nämlich die nerdige Wichtigtuerei von inferioren Hobbykickern nach dem Spiel.

Ich interessiere mich nicht die fucking Bohne für Fußball, hätte er am liebsten geschrien. Und selbst wenn ich mich zehnmal dafür interessieren würde, ist noch immer nichts auf der Welt langweiliger als das lächerliche Analysegequassel über euer jährliches Altherrengebolze »Götter gegen Halbgötter«. Das ich zu meinem großen Glück nicht nur nicht gesehen habe, sondern das ich – Assur steh mir bei und blende mich zur Not! – auch niemals sehen werde! Stattdessen ließ er nur ein unwilliges Grunzen vernehmen, um seinem Gegenüber zu bedeuten, dass er bitte, bitte, bitte genug gehört hatte, doch der laberte einfach weiter.

»Ich muss sagen, aber das soll jetzt wirklich keine Entschuldigung sein, ich bin auch mit dem neuen Ball schlecht zurechtgekommen. Die wollten, dass wir mit dem Haupt der Medusa kicken, ich weiß nicht, ob aus Werbegründen oder weil die Götter schon öfter damit trainiert hatten. Auf jeden Fall war die Pille echt nicht gut aufgepumpt. Ich hab das ~~Gagelmann~~ Chaos auch gesagt, ich mein, ich bin ja der Mannschaftskapitän, aber der Vogel hat nur arrogant gelacht. Einen Moment lang dachte ich, der gibt mir gleich auch noch die Gelbe, dann wär ich aber mal so richtig ausgerastet.«

Was für eine Qual. Mit zitternden Lippen nippte der Assyrische Esel an seiner Schnabeltasse. Fast wünschte er sich auf das Schlachtfeld in ~~Stalingrad~~ Pistazien zurück, wo er, damals noch unter seinem eigentlichen Namen Vector, aufseiten der Trojaner gegen die Virer gekämpft und immerhin eine Arschbacke sowie beide Ohren eingebüßt hatte. Wegen der Ohren nannte man ihn nur noch ironisch den »Esel«. Assyrischer Humor funktionierte nach dem Prinzip maximaler Grobschlächtigkeit, die sich vorzugsweise gegen Schwächere und bereits am Boden Liegende richtet.

Apropos Humor: Der Volksdichter hatte den Esel angesichts seines optischen Totalschadens tot gewähnt und in seiner *Ulias* ebenfalls kräftig nachgetreten. Seitdem war des Recken Ruf derart ruiniert, dass er für den Rest seiner Tage im *Nimruder Krug* saß, wo er sich – typisches Veteranenschicksal – so eisern wie gepflegt die Kante gab. Heute bereute er diesen konsequenten Karriere-Move zum ersten Mal. Schließlich hatte Herakles ihn hier leicht finden können.

»Hinterher sieht Demeters schöne Yoga-Wiese immer aus wie von einer Rotte Wildschweine umgepflügt«, kicherte der Halbgott, scheinbar unbeirrt ob des sich vor Seelenpein windenden Esels. War Herakles wirklich derart unsensibel? Das sah ihm doch sonst nicht ähnlich. Aber hier kam zur Adrenalinausschüttung des zurückliegenden Wettkampfs die Anweisung, den Assyrer dafür abzustrafen, dass er Eurystheus als Kind mal beim Tausch kleiner Göttersammelfiguren aus Ton betrogen hatte. »Dann gibt es jedes Mal Riesenzoff zwischen Demeter und Zeus. Sie dann immer so …« – auf sexistisch denunzierende Weise äffte er eine hohe Frauenstimme nach – »… ›Arschloch‹, ›Sackratte‹, ›Wichser‹, und (brummend:) er dann immer so: ›Ökofotze‹, ›Trockenpflaume‹, das geht dann schon ans Eingemachte.« Herakles schüttelte sich vor Vergnügen.

Zerstreut schnitzte der Assyrische Esel mit einem Obstmesser an seiner Pulsader herum. Demeter. Chaos. Zeus. Er kannte diese Leute doch gar nicht, und wenn er sich das so anhörte, wollte er sie auch auf gar keinen Fall kennenlernen. Subproletarische Grobiane, die einander mit unfeinen Ausdrücken belegten, gab es hier im *Nimruder Krug* bereits mehr, als ihm lieb waren – Stichwort: Esel. Und was um Gottes willen hatte man diesem Schwätzer, der sich ihm noch nicht einmal vorgestellt hatte, in die Fanta gekippt?

Er konnte nicht mehr. Längst hatte der Idiot ihm sein nicht mehr vorhandenes Ohr abgekaut. Das musste man erst einmal schaffen. Der Assyrische Esel kappte mithilfe gewaltiger Willensanstrengung, autogenem Training und einer auf Ex gekippten Amphore Olivenschnaps das Hörzentrum in der Großhirnrinde, sodass von Herakles' weiterer Rede nur noch sinnlose Bruchstücke auf ihn einrieselten: *… Blitzgescheiter Pass von Dionysos … Gänsehaut … Laufwege … unglaublicher Kartoffelacker … das Medusenhaupt über den Spann gerutscht … einfallslos durch die Mitte … überragend … mindestens siebzig Prozent Ballbesitz … Zweikampfwerte … hellwach … Aggressive*

Leader … gebrauchter Tag … trotzdem unglücklich … dreckiger Sieg … Schieber … die Furien fast den Platz gestürmt … ein Spiel dauert …

… viel zu lange. Bevor der Esel gnädig entschlummerte, band er sich noch aufrecht sitzend auf dem Hocker fest und malte sich aufmerksam dreinblickende Pupillen auf die geschlossenen Lider. Er war wirklich sehr höflich. Herakles merkte nichts und sprach noch stundenlang weiter, ehe ihn ein zufälliger Blick auf die Sanduhr zum hastigen Aufbruch gemahnte: Die letzte reguläre Galeere würde in zehn Minuten vom Ufer des Tigris ablegen, und auf die Nachtgaleere hatte er beim besten Willen keinen Bock: voll mit Schnapsleichen und Psychopathen, dazu mit einer seltsamen Schnörkelroute über Nippur, Milet und ~~Müllerstraße~~ Plowdiw, um auch noch die allerletzten Lumpen einzusammeln. Nein danke. Freundlich verabschiedete er sich vom Assyrischen Esel, der aber nicht reagierte und seltsam unbeteiligt dasaß.

Den Halbschaurigen Schmachtfetzen von Mykene abspielen

Herakles freute sich: Endlich stand mal ein Heimspiel an. Kein Hahn krähte, weil frühmorgens die Galeere ablegte oder ein mehrmonatiger Gewaltmarsch anstand. Keine Drachen, neunschwänzigen Katzen oder weiß der Fuchs was für Kampfmaschinen waren auf dem Weg zum nächsten Level aus dem Weg zu räumen. Keine Räuberbanden, fremden Heere oder bösen Mädchen, die ihm auflauerten oder ihre nassen Zungen in den Mund zu stecken drohten. Dieser Job würde in Mykene steigen. Einfach nur raus aus dem Haus und quer über die Straße, in der Großraum-Disco *Pantheon 2000*.

Doch was hieß schon »Heimspiel«: In Mykene residierte Eurystheus, hierher pendelte Herakles von Theben, hier hauste er in einer kleinen Dienstbotenwohnung ohne Stuhl und Fenster. Genau genommen handelte es sich um einen Verschlag im Rinderstall.

Mit Mykene war er nie so richtig warm geworden. Es war eine reiche Stadt. Im Grunde eher ein überdimensioniertes Dorf. Den Menschen ging es gut, es sei denn, sie liefen ~~Seehofer~~ Eurystheus über den Weg, aber auf Herakles wirkten sie oberflächlich, borniert und langweilig. Immer sauber angezogen, Bussi hier und Bussi da, dahinter Intrigen und Vetternwirtschaft – alles in allem eine sozial beklemmende Atmosphäre.

Theben war viel cooler. An den Tempeln prangten Graffiti, und dass der bereits vor Jahrhunderten geplante Aquädukt wohl niemals fertig würde, war allen herzlich egal. Man holte das Wasser weiter von der Quelle, schiss direkt vor die eigene Haustür und war auch noch stolz darauf. »Ich bin ein Thebaner« war schon mehr ein Glaubensbekenntnis denn eine Wohnortsangabe. In Theben machte es überhaupt nichts aus, wenn du eine rosa Tunika mit Löchern drin und (auch offenem!) Reißverschluss am Hintern trugst – da guckte keiner.

In Mykene konnte es hingegen passieren, dass wenn nur eine Sandale schiefgelaufen war, die Schergen dich griffen und durch das Schwert richteten. Und alle fanden das super und in Ordnung. »Unser schönes Mykene (oder ›Mynka‹, wie die Koseform der Einheimischen lautete) soll sauber bleiben«, pflegten sie dann zu sagen. »Weg mit dem Sau-Thebaner.«

Vor der eigentlichen Arbeit galt es jedoch, Sokrates abzuwimmeln, der sich aufgedrängt hatte, Herakles bei der Steuererklärung zu helfen. Der Philosoph hatte in der Nähe von Eurystheus' Palast herumgelungert und den Halbgott abgepasst. Schwer zu sagen, ob er in ihm den Freund suchte, den er wegen seiner unerträglichen Art nie hatte, homoerotische Motive verfolgte oder schlicht ein Stalker war. Nun krabbelten sie beide auf dem Boden des Dienstverschlags herum und wühlten in einem Riesenmeer von Quittungen.

Ein Galeerenrückfahrtsticket Nauplion–Hormus–Nauplion mit Zwischenstopp in Sparta. Zwei Theaterkarten für *Der Bucklige von Brindisi.* Eine kleine Fanta für eine Drachme zwanzig in der Weinstube *Zur Goldenen Megäre*. Diverse Zutaten für den Phönizischen Frechdachs auf dem Wochenmarkt von Theben. Ein Bahnticket Zone A für die Bombastische Bimmelbahn von Babylon.

»Wie sieht das denn aus mit der Pendelei zwischen Theben und Mykene?«, fragte Herakles. »Das sind pro Quartal ein Paar abgelaufene Sandalensohlen.«

»Ich weiß ...«, begann Sokrates.

»Okay, okay.« Herakles hob abwehrend die Hände. »Geschenkt. Bitte. Kannst aufhören.«

»Das Kurzstreckenticket des ~~MVV~~ Mesopotamischen Verkehrsverbunds ist nicht abgestempelt.«

Oho. Da wusste jemand ja tatsächlich doch mal was. Schade, dass es die einzige Perle in einem Ozean aus Inkompetenz war. 183-Tage-Regelung, Barlohnumwandlung, Erschwerniszuschlag, peripher progressive Halbgottabgabe, Mehraufwendungen für Verpflegung, Maultierpauschale, Reisekostenerstattung – zu all den wirklich wichtigen Punkten hatte Sokrates keine Meinung.

Stattdessen fing er erneut mit seinen Witzen an. »Kennste den? Treffen sich ein Spartaner, ein Korinther und ein Athener ...«

Endlich gelang es Herakles, den Schwätzer unter Hinweis auf ein angeblich neu eröffnetes All-you-can-eat-Bordell in der Mykener Fußgängerzone aus der Kammer zu drängen. Er atmete schwer, fuhr mit zwei Fingern unter den engen Kragen seiner Tunika und versuchte ihn zu lockern. Ihm war entsetzlich heiß. Überall am Boden lagen Belege. Er hatte das Gefühl, keine Luft mehr zu bekommen. Nur langsam entspannte er sich wieder: Sokrates war weg.

Doch er geriet vom Regen in die Traufe. Denn nun trat, wie immer ohne anzuklopfen, Eurystheus herein.

»Harry, fahr schon mal den Wagen vor.« Seine blechern quäkende Stimme troff vor Hohn. Die schon etwas schwere Zunge unterstrich nur die verletzende Attitüde des Regenten.

Herakles schäumte. Er hatte es immer gehasst, wenn Alkmene ihn öffentlich beim Kosenamen rief, denn dann kam so etwas dabei heraus. Eurystheus war sein Chef und nicht sein Kumpel. Okay, vielleicht auch noch sein Cousin. Aber mit der übergriffigen Anrede waren massiv die Grenzen zum Privaten überschritten, die für dienstliche Verhältnisse so wichtig sind.

Überdies eröffnete sich nun der Nachteil des Heimspiels: Eurystheus wollte diesmal live dabei sein, wenn Herakles seine Arbeit machte. Bei den Erledigungen am Arsch der Welt hatte er immer freie Hand gehabt. Stress hin, Jetlag her – das hatte definitiv auch seine Vorzüge.

Ins *Pantheon 2000* kamen sie natürlich umsonst rein. Ein Wink des Königs genügte und der vierschrötige Türstehersklave wich zitternd beiseite.

Drinnen tauchte Fackelschein die Gesichter der Tanzenden in flackerndes Licht. Es war eine Menge los, die After-Work-Party voll im Gange. Auf dem Plattenteller, einer kreisrunden Tonscheibe von etwa zwanzig Schritt Durchmesser, drehten sich Sänger und Musiker mit Plärrfragette, Zimmetphon und dreisaitiger Aule. Dirigiert wurden sie – erst jetzt sah Herakles die Bescherung – von Zeus höchstselbst. Deshalb also war die Disco schon am frühen Abend gut besucht. Allein der Name zog wie Hechtsuppe. Dennoch wirkte die Stimmung merkwürdig gedämpft.

Nur einer war in seinem Element. »Hyper, hyper«, schrie der Göttervater und warf die Arme affig in die Luft. Zwischendurch befühlte er zärtlich seine Wampe. Gestik und Mimik ähnelten der einer Schwangeren, die ihre wachsende Leibesfrucht umkost.

Zeus nannte sich seit Neuestem Jupiter, weil er das als Marke schnittiger und einprägsamer fand. Und um dem Ganzen noch die Krone aufzusetzen, war er hier und heute »DJ Jupiter«. Peinlicher ging es kaum. Die anderen Götter konnten ihn gerade noch davon abhalten, sich auch im Alltag so zu nennen. Da griff sich Herakles doch nur verzweifelt an den Kopf: Wenn die Götter nicht ernst genommen wurden, waren sie stets Gott weiß wie beleidigt. Auf der anderen Seite taten die meisten nicht das Geringste dafür, ihren Ruf zu ändern. Ganz im Gegenteil, wie man hier wieder sah.

»Harry!«, rief nun auch Zeus, als er den Herakles erblickte. »Mein Junge!« Die Besucher des *Pantheon 2000* starrten ihn an. Einige kicherten. Herakles wurde rot, doch er fing sich rasch wieder.

»Darf ich auch mal kurz auflegen?«, fragte er. »Du willst dir doch sicher mal die Hände waschen und 'ne Cola trinken.«

»Kein Problem. Nur zu.« Zeus gab sich generös. Eine kleine Aktivpause im Darkroom ein Stockwerk höher konnte nicht schaden. Und wenn sein missratener Spross erst mal die Tanzfläche leergespielt hätte, würde sein folgendes Set sich umso genialer abheben.

Herakles flüsterte mit dem Bandleader. Der nickte. Die Plattentellersklaven kurbelten, die Scheibe begann sich zu drehen und die Musiker stimmten ein neues Lied an.

Griechischer Wein/ Ist so wie das Blut der Erde/ Schenk noch mal ein …

Die Mykener tobten, denn so exklusiv sie sich auch wähnten, so bieder war doch ihr Stil. Der Schmachtfetzen von Mykene war ihre Hymne, Eurystheus ihr König des schlechten Geschmacks. Der sauste nunmehr inmitten seiner Untertanen wie ein Derwisch über die Tanzfläche. Alle sangen jedes Wort und jede Strophe mit.

Wenn ein Schwan stirbt, soll in allen vier Ecken … Liebe drin stecken … ohne Leiden … denn Gabi wartet im Park … und fährt auf Feuerrädern Richtung Zukunft durch die Nacht … Musikanten herbei … spielt ein Lied für uns zwei … Tritt ein … bring Glück herein … aber es waren Blumen zum Abschied … Amore, Amore, Amore …

Zeus lächelte süßsauer. Seit geschlagenen vier Stunden hatte er vergeblich versucht, diese Banausen mithilfe avantgardistischer Rhythmen in Tanzstimmung zu bringen. Kaum aber kam diese Scheiße aus Tönen auf den Tisch, kochte die Crowd, als hätte ein Faschingsprinz mit Kokain gefüllte Kamellen in die Menge geworfen.

»Wenn du nicht mein Sohn wärst, würde ich dich jetzt rausschmeißen.« Mehr brachte er nicht heraus. Seine Enttäuschung war riesig. Hätte er gewusst, dass Eurystheus hinter dem Anschlag steckte, hätte es Kopfnüsse auf den Schuldigen gehagelt. Dabei hatte er sonst gar nichts gegen den Mykener. Er fühlte sich ihm sogar seelenverwandt und war ihm dankbar, dass er Herakles ordentlich auf Trab hielt, damit dieser nicht wieder auf dumme Gedanken kam. Und natürlich war Eurystheus als Sterblicher keine Konkurrenz für ihn. Sein Todestag stand bei Zeus schon lange im Kalender, wie auch die Todestage aller anderen Menschen. Hinten, unter *Notizen*, fand sich eine Anmerkung, *Tod des E.: Bes. lustig, schmerzv., langs.*, nebst einer ungelenken Skizze, deren kaum zu erkennende Details mit *E.*, *anges. Leiter* und *Schlangengrube* beschriftet waren. Doch noch tanzte der Gemeinte nichtsahnend durch das *Pantheon 2000*.

Der Forensischen Hexe die Zunge rausstrecken

»Was sind denn das überhaupt für komische Arbeiten?«, fragte Alkmene, als ihr Sohn (von Eurystheus eigentlich nicht gern gesehen) mal wieder Gleitzeit genommen hatte, um für sie die gröbsten Dinge zu erledigen, zu denen sie selber nicht mehr in der Lage war: ganze Wagenladungen leerer Wein-, Schnaps- und Liköramphoren zusammenzusuchen. Das Leergut zum Händler zu bringen und das Pfand zu kassieren, weil die Stütze vorn und hinten nicht reichte. Sauberzumachen, die Feigen zu gießen, die Ziegen zu füttern. Zu tun gab es genug.

»Na ja, so dies und das.« Herakles druckste herum. Er ahnte natürlich, wie albern sich die Arbeiten für jeden über acht Jahre alten Menschen anhören mussten. Mama wusste ja nicht, wie schwierig das alles trotzdem war – meistens wimmelte es schon auf der Anfahrt von Halunken, Monstern und Straßennutten. Vieles von dem, was er tat, war auch nicht wirklich erlaubt. Doch es half nichts. Sie würde nicht lockerlassen. Und auf ihr gekeiftes »Du erzählst ja nichts von dir, nie erzählst du was!« hatte er keinen Bock. »'Den Kre'n K'ops mi' ei'm Rie'nhapps ver-'ingen«, murmelte er undeutlich.

»Den *was*? Sprich deutlich und in ganzen Sätzen, Junge! Subjekt, Prädikat, Objekt!«

»Ich muss den Kretischen Klops mit einem Riesenhapps verschlingen. Ich muss das Arschloch von Alexandria auf den Arm nehmen. Ich musste bei Rot über die Straße von Messina gehen. Solche Sachen eben. Ich will dich echt nicht mit komplizierten Details langweilen. Da verstehst du eh nix von.«

»Klingt anspruchsvoll.« Zu seiner Überraschung nickte Alkmene bedächtig. Oder vielleicht doch keine Überraschung: Ohne die Mehrheit ihrer längst vom Wein zersetzten Gehirnzellen schlugen deren verbliebene Kameraden bei aller Tapferkeit nur noch ein aussichtsloses Rückzugsgefecht.

»Das kann man wohl sagen.« Herakles wirkte nun stolz. »Ich bin der Mann für besondere Aufgaben. Der Junior Special Task Director. In der Firma fragen sie mich immer dann, wenn sie echt nicht mehr weiterwissen.«

»Toll. Das wird bestimmt gut bezahlt.«

»Na ja, jetzt nicht direkt mit Geld oder so. Aber wenn ich nach vierundzwanzig Jahren mit dem Contract durch bin, habe ich auf dem freien Arbeitsmarkt *sehr* reelle Chancen.« Mit dem Rücken zur Wand versuchte Herakles seinen erbärmlichen Status zu kaschieren. Dass es sich um ein Gerichtsurteil handelte, und zwar, um der Wahrheit die Ehre zu geben, um ein geradezu unverschämt mildes, da er ja immerhin vier Menschen ohne jeden Grund bestialisch ermordet hatte, unterschlug er lieber.

Alkmene hätte es eh nicht verstanden. Warum Gericht, wieso Urteil?, hätte sie gefragt. Recht ist ihr bereits geschehen – wozu brauchen wir da noch einen Richterspruch? Sie hatte ihre Schwiegertochter ohnehin nie leiden können, die doch ihren lieben kleinen Herakles nur ausgenutzt und verdorben hatte. Was damals geschehen war, hatte sie als Haushaltsunfall abgetan, bevor die Erinnerung daran für alle Zeiten im gnädigen Nebel des Ethanol-Abusus verschwand.

»Also ein unbezahltes Praktikum.« Die Alkmene schüttelte so hochfrequentig den Kopf, dass nicht ganz klar war, ob der Tremor oder die Missbilligung den Takt angaben. »In *deinem* Alter! Vierundzwanzig Jahre für Umme. Nur damit du hinterher arbeitslos bist? Während deine arme alte Mutter hier am Existenzminimum herumkrepelt. Junge, bist du eigentlich noch ganz dicht??«

Sie schäumte. In ihrer Wut, mit den wirren schwarzen Zotteln um das bleiche, früh gealterte Gesicht wirkte sie wie eine böse Zauberin. Das erinnerte Herakles an seine anstehende Aufgabe mit der Forensischen Hexe. Obwohl die auf dem Bild, das man ihm mitgegeben hatte, eigentlich ganz niedlich aussah. Er wäre jetzt lieber bei der Arbeit gewesen, während ihm sonst der bloße Gedanke an die Maloche Kopf- und Bauchschmerzen bereitete.

»Und wer ist dieser abgefeimte Arsch, der meinen dummen Harry derart übers Ohr haut?« Sie zeterte und spuckte. Brannte sich in ihrer unkontrollierten Wut mit der Selbstgedrehten eine drachmengroße Wunde in den Unterarm und merkte es nicht mal.

»Eurystheus. Der König von Mykene. Ich muss mich da irgendwie verpflichtet haben. Scheiße, klar, ist nun aber eben so. Man sollte sich halt immer das Kleingedruckte durchlesen.« Herakles wand sich vor Unbehagen. Sollte ihm seine Mutter auf die Schliche kommen, könnte er mit der Backpfeife seines Lebens rechnen.

»Eurystheus? Die Klemmschwuchtel? Ich fass es nicht. Das ist doch dein eigener Cousin!«

»Bloß zweiten Grades oder so. Geld ist eben dicker als Blut.«

»Und Hirn ist dicker als Grütze«, konterte Alkmene. Erstaunlich schlagfertig für eine Frau mit ihrer neurologischen Disposition. Herakles wusste, dass sie, egal, was er von nun an vorbrächte, stets das letzte Wort behalten würde. So war es immer gewesen und so würde es immer sein. Stumm sammelte er weiter Amphoren ein, bis er das ungastliche Elternhaus endlich verlassen konnte.

Die eigentliche Arbeit war im Vergleich zu dem Gespräch mit seiner Mutter babyleicht. Denn die Forensische Hexe war ein dankbares Opfer. Unbefangen tollte sie durch die Fußgängerzone ihrer Heimatstadt Forens. Sie rechnete nicht mit Herakles. Herakles rechnete mit ihr.

Er erkannte sie sofort. Bereits von Weitem sah er sie munter in der Menge herumspringen. Faxen mit den Menschen machen. Hörte ihr ansteckendes, offenes Lachen. Arglos, mädchenhaft. Wie herrlich spontan sie war!

Er ging zu ihr hin. Müsste ihr nur einmal und in aller Deutlichkeit die Zunge herausstrecken. Im Auftrag des Eurystheus, der sich bei einem kürzlichen Besuch der Stadt von der Hexe provoziert gefühlt hatte. So war er nun mal, unser Eurystheus, es war immer besser, wenn man ihn zu nehmen wusste. Einmal hatte er eine ganze Kindertagesstätte köpfen lassen, weil die Kleinen über seinen schwankenden Gang und seine Reservekrone (die richtige war in Reparatur) gelacht hatten.

Die Forensische Hexe aber, die gerade eben noch selber jemandem die Zunge herausgestreckt, einem weiteren Passanten mit einer Art orangefarbenem Puschel neckisch gegen den Po gewedelt und ein Fruchtbonbon aus einer Auslage stibitzt hatte, hatte eine große Fertigkeit darin entwickelt, sich nach vollzogener Tat jeweils blitzschnell abzuwenden, auf dass keine lang herausgestreckte Zunge sie jemals selbst zum Spottopfer machte.

Wie sich herausstellte, war die Arbeit also doch nicht so leicht. Herakles musste das patente Früchtchen praktisch um die ganze Welt verfolgen. Nach kaum vier Monaten wäre es in Patras (New Mexico) in einem ärmlichen Frisierladen neben der einzigen Taco-Bude des Ortes um ein Haar so weit gewesen. Doch der Spiegel des Dorfbarbiers zerbrach. Die Hexe konnte flüchten.

Später dann Indonesien. Bermudas, Seychellen, Malediven. Die Postkarten wurden spärlicher, längst konnte man sich in der Heimat kaum mehr des Eindrucks erwehren, dass Freund Herakles die kleine Hexe nicht so richtig in den Griff bekam. Schließlich blieben die Meldungen an Eurystheus ganz aus.

Eines Tages, drei Jahre waren allein für diese Arbeit eitel vergeudet, kam Herakles zurück. Jeder am Pier sah es sofort: Er war zum Manne gereift. Das Trinkgeld für die Rudersklaven fiel bescheiden aus. Mit leerem Blick und gebrochenem Herzen stieg er von Bord der Galeere. Ohne Hexe. Den Credit für das unerledigte Projekt konnte er sich abschminken. Der würde ihm am Ende fehlen. Es roch verdammt nach einer Strafarbeit.

Den Lakonischen Lackaffen im Regen stehen lassen

Nach seiner Rückkehr ließ sich Herakles ordentlich gehen. Er begann zu trinken, besuchte seine Mutter nicht, und wenn doch, dann trank er mit ihr. Er putzte seine Zähne nicht mehr, rasierte sich nicht, stank. Wenn Eurystheus ihn rief, hörte er nicht. Wenn Eurystheus nicht rief, eilte er herbei, um vor verschlossener Tür zu stehen.

Auf einmal spürte er die Einsamkeit, obwohl sich an seinen äußeren Lebensumständen nichts geändert hatte. Doch den Unterschied machte die zugewonnene Erfahrung. Sie ließ ihn unter anderem erahnen, was seine Freundin Sarkaste einst bewegt haben mochte. Schade. Schon vor zehn Jahren hatte sich das arme Mädchen vor ein Schnellschiff geworfen und neben Sandalen, Tunika und Haarreif nur einen Abschiedsbrief mit verstörendem Liebesgefasel am Gestade zurückgelassen. Niemand hatte es verstehen können – nicht die Eltern, nicht die Freunde und nicht die Girls aus ihrer Flamenco-Gruppe. Sie besaß doch einen bunten, schnellen Esel, war hübsch, gesund und lebenslustig. Sie hatte alle Chancen gehabt. Nun kapierte immerhin Herakles.

Er war am Boden. Ohne eine Stütze, die seinem haltlos ins Schlittern geratenen Leben Stabilität und Struktur zurückbrächte, konnte er die noch ausstehenden Arbeiten knicken. Seine momentane Tagesform reichte noch nicht mal für den Lakonischen Lackaffen, obwohl die Arbeit an sich relativ leicht war. Denn der Lackaffe stand ja schon im Regen, er musste ihn im Grunde nur dort stehen lassen. Kurz vorbeilatschen, hingucken, »Hallo« sagen, im Regen stehen lassen, fertig. Es war wie die eine Bahn beim Minigolf, auf der man nur geradeaus schlagen muss.

Das Einzige, was ihn vorübergehend seine Traurigkeit vergessen ließ, war der Alkohol. Dieser half ihm nun indirekt auch bei der Arbeit, denn ausgerechnet nach dem Besuch eines idyllisch am Ufer des Styx gelegenen Dunkelbiergartens stieß Herakles auf einen Wegweiser: Eine Abkürzung nach Lakonien führte über den Fluss und quer durch den Hades. Zwar warnte dasselbe Schild wegen angeblicher Gefahrenstellen vor der Benutzung des Weges, der auf keiner Wanderkarte eingezeichnet war, aber Herakles pfiff auf das geriatro-touristische Geunke. Mit der seelischen Unterstützung von sechs großen Dunklen fokussierte er den Job nunmehr mit Tunnelblick. Unter dem Umstand einer fünfmal längeren Anfahrt außen um den Hades herum und per bequemer Maut-Brücke über den Oberen Styx wäre er die Tour niemals angegangen.

So aber ließ er sich von einem verwirrten Greis, der während der gesamten Überfahrt in einem fort sinnlos »He ho, muss aufs Klo« rief, mit einem Kahn, der so wacklig war wie der Kopf des Alten, übersetzen. Wenigstens kostete der Transfer nur eine Münze – da konnte man bei Komfort und Bordprogramm auch mal Abstriche machen.

Am Eingang zum Hades war es so finster wie in Kaurismakkilainenpoppanttalä an einem Wintermittag. Er fand kaum die Klingel neben dem hohen Eisentor. Zu seinen

Füßen raschelte es, und kurz vermeinte Herakles, mehrere kleine Tiere auszumachen, die versuchten, ihre Köpfe zwischen den Gitterstäben hindurchzuzwängen. Das Bier, die Dunkelheit, das dunkle Bier. Er entschied, dass er nichts gesehen hatte, und klingelte. Überlegte, ob er nicht vielleicht doch besser hätte außen herumlaufen sollen. Oder, noch gescheiter, sich in Theben wieder in sein Bett legen.

Eine weibliche Stimme knarzte aus dem Gegensprechrohr. »Ja?«

»Werbung bitte«, log Herakles. Ein Summer ertönte. Das Tor ging auf. Er trat ein.

Nun war er drin. Der Hades, benannt nach dem gleichnamigen Stifter der Einrichtung, entpuppte sich als Mischung aus Tierheim und Nervenklinik. Wer sich dort aufhielt, war nur noch ein Schatten seiner selbst. Vom therapeutischen Standpunkt aus hatte es durchaus Sinn, den Patienten Haustiere beizuordnen. Das Lernen von Verantwortung und Empathie, die Körperwärme eines Lebewesens, dazu regelmäßige Abläufe – all das trug dazu bei, labile Persönlichkeiten zu festigen. Doch eine artgerechte Haltung war unter diesen Umständen natürlich nicht gewährleistet: Die (gemäß der Hauptdiagnose) Toten sprachen kaum, wirkten hochgradig depressiv und zeigten sich durch die Bank therapieresistent. Und so kam es, dass der Höllenhund Kerberos, die Höllenkatze Kittykos, das Höllenzwergkaninchen Muckelos, der Höllensittich Hansos und wie sie alle hießen, Tag für Tag und Jahrhundert für Jahrhundert traurig durch die Gitterstäbe der Hauptpforte starrten und davon träumten, dass eines Tages ein normaler Mensch vorbeikäme und sie von diesem erbärmlichen Los befreite.

Na ja, normaler Mensch. Immerhin kam Herakles. Und sofort rannte ein ulkiges Hündchen auf ihn zu und wedelte zutraulich mit seinen zahlreichen, aus Giftschlangen bestehenden Schwänzen. Doch was heißt schon »Hündchen«? Die Bezeichnung täuschte auf den ersten Blick, denn der Bursche ähnelte dem Krassen Köter von Korinth, nur dass er noch größer und noch krasser war. Aber Herakles mochte ihn trotzdem und der Kerberos mochte Herakles. Manchmal finden sich zwei und man weiß nicht, warum.

Das Tier winselte und leckte mit seinem ätzenden Speichel die Füße seines selbst gewählten Herrchens. Wie lieb und friedlich er war! Herakles verstand beim besten Willen nicht, woher der Ruf vom »furchterregenden Kerberos« kam. Okay, klar, er hatte drei Köpfe, vorstehende Zähne mit Zahnfleischbluten und mehr Ratten im Pelz als andere Köter Flöhe. Sein Gebell klang wie eine Stalinorgel und sein Atem hätte in den Schützengräben des Ersten Weltkriegs Giftgasalarm ausgelöst. Aber das ungesunde Futter im Hades war doch nicht seine Schuld. Und alles andere war sowieso lookistische Kackscheiße. Was konnte der arme Kerl für sein Aussehen, was hatte das mit seinem Charakter zu tun? Dazu kam noch, dass die eingeführte Marke »Höllenhund« bei Leuten mit minderentwickeltem Abstraktionsvermögen die merkwürdigsten Assoziationen weckte. Doch der sensible Tierfreund Herakles spürte sofort, dass in dieser scheinbaren Haustierversion von Godzilla in Wahrheit nur ein verspielter Welpe steckte, der hinfort nicht mehr von seiner Seite wich.

Der Weg nach Lakonien führte die beiden durch alle Stationen des Hades: die Pflegeabteilung für die gebrechlichen Schatten, die von den Insassen ironisch »Tartaros« genannte Sicherungsverwahrung, das Raucherzimmer. Die Schatten nervten gnadenlos. Immer auf der Suche nach Kaugummis, Zigaretten, Kugelschreibern, egal welchen Kleinigkeiten – Hauptsache, sie ließen sich in diesem elenden Mikrokosmos irgendwie als Tauschobjekte verwenden. Warum hatte man die nicht ordentlich ruhiggestellt? Manche versuchten auch, ihm die Börse zu entwenden, und da sie unsichtbar waren, musste man aufpassen wie ein Luchs.

Unter den Schatten stach eine Figur hervor, die als einzige nicht durchsichtig, doch dafür umso verhuschter war. Dagegen wirkten die Schatten geradezu aufgeweckt und zielstrebig. Auch hierhin hatte sich also Odysseus verirrt. Mann, der Wirrkopf hatte echt Nerven. Das fiel doch auf und ohne Einweisung war der Aufenthalt hier streng verboten. Wenn sie einen erwischten, würden sie ihn in so einen Schattendress stecken und für immer dabehalten. Was in Odysseus' Fall vielleicht auch nicht das Allerschlechteste wäre. Auf diese Weise wäre er endlich mal irgendwo angekommen.

Am Arztzimmer versuchte Herakles sich vorbeizuschleichen, doch leider kläffte ausgerechnet in diesem Moment der Kerberos.

»Nicht so schnell, mein Lieber«, erscholl dieselbe Stimme, die er zuvor an der Gegensprechanlage gehört hatte. »Der Hund gehört der Anstalt!«

Er schrak zusammen. Eine schlanke Frau in ihren späten Vierzigern trat aus dem Raum, kurze schwarze Haare,

Arztkittel und Birkenstock-Sandalen. Sie stellte sich als Dr. Persephone vor, Oberärztin der Psychiatrie. Auf sein unbefugtes Eindringen sprach sie ihn gar nicht erst an. Stattdessen kam sie gleich zum Geschäft und addierte angebliche Kosten für Futter und Tierarzt, bis Herakles schwindlig wurde. Die Verhandlungen gestalteten sich zäh. Die korrupte Kuh rief Preise auf, die ihrer mafiösen Schattenwirtschaft alle Ehre machten. Wahrscheinlich gehörte ihr der Kerberos noch nicht mal selbst, doch sie spürte, wie schwer auf Herakles' Seite die Nachfrage wog. Und sie kontrollierte das Angebot. Sie leierte ihm den gesamten Gewinn aus seiner Transaktion mit der Thyrrenischen Tante aus den Rippen.

Arm, aber zufrieden fand Herakles den Hinterausgang, trat hinaus, es wurde hell, vor ihm erstreckten sich weite Sümpfe, es regnete, er war in Lakonien. Die Abkürzung war wirklich ein grandioser Tipp. Munter schritt er voran. Klar die Augen, entschlossen der Mund und gestrafft die Gestalt – eine »ganz andere Körpersprache«, wie es sein Onkel, der altgriechische Nationaltrainer Rehakles, Bruder des Zeus und Vater des Gekas, ausgedrückt hätte. Ihm mal voran, mal um ihn herum und mal neugierig schnuppernd ein Stück zurück, sprang munter der Kerberos.

Und es dauerte nicht lange, da traf Herakles auch schon auf den Lakonischen Lackaffen, der in wasserfester Funktionstunika unterwegs war. Allerdings schien auch diese langsam durchzuweichen. In Lakonien goss es einfach immer.

»Kann ich mich vielleicht mal kurz unterstellen?«, fragte der Lackaffe, als Herakles ihn in ein Gespräch über das Wetter zu verwickeln begann, und deutete auf ein Linienfuhrwerkswartehäuschen am Straßenrand.

»Nein«, beschied Herakles knapp.

»Nein?«, wiederholte der Lackaffe verdattert. »Och Möönsch.« Er schien eigentlich ganz nett zu sein. Überdies war er sich keiner Schuld bewusst und gewiss trug er auch keine. Wer weiß, welche Laus dem Eurystheus da wieder über die Leber gelaufen war. So wie der tickte, hatte er wahrscheinlich einfach bloß gedacht: Lackaffe, hm, Lackaffe, also, wenn der schon so heißt, wird es wohl kaum den Falschen treffen …

Herakles seufzte. Die Sache war ihm nun fast ein wenig unangenehm. Anstelle einer Antwort deutete er auf den Kerberos, der brüllend Rauch, Feuer und Scheiße ausstieß. Außer Herakles wusste ja keiner, dass er bloß am Bauch gekrault werden wollte.

»Okay.« Nicht unerwartet zeigte sich der Lackaffe gleich einsichtig. »Ich schmeiß auch noch meine Mütze weg. Dann werde ich noch nasser. Guck hier …« Und warf seine Mütze in einen Flutgraben.

Da erkannte Herakles, um wie vieles leichter das Leben mit seinem treuen Freund nun war. In ihm hatte er den Halt gefunden, der ihm gefehlt hatte. Schade, dass bei den meisten Arbeiten die Mitnahme von Haustieren ausdrücklich verboten war. Auf dem Rückweg, diesmal außen um den Hades herum, war Herakles wieder froh. Die Schnauze des Kerberos war feucht. Sogar die Sonne schien.

Im Heiligen Tempel von Echinacea einen gewaltigen Koffer abstellen (und alles auf den Priester schieben)

Bei der einundzwanzigsten Arbeit beschlich Herakles dann doch das Gefühl, dass Eurystheus mit diesen komischen Aufträgen nur über Bande prokrastinierte. Diese Bande war er, Herakles.

Und was hieß überhaupt: »Arbeiten«? »Ein Bein stellen«, »in die Suppe spucken«, »die Reifen zerstechen« und so weiter und so fort. Und jetzt sollte er auch noch irgendwohin furzen? Das waren doch keine Arbeiten, das waren Kinderstreiche. Für so etwas war er 890 vor Christus nicht auf die Milchstraße gegangen.

Zunächst hatte er ja noch versucht, in der Bestrafung etwas Positives zu sehen, um die vierundzwanzig Jahre nicht ausschließlich als vergeudete Zeit wahrzunehmen. Er war doch lernfähig und hatte nichts gegen den Gedanken einzuwenden, der Gemeinschaft zu dienen, um ihr eben nicht wie die Vollgötter bloß auf der Tasche zu liegen und ~~Schutzgeld~~ Opfergaben zu schmarotzen. Außerdem hatte er sowieso genügend Freizeit, nachdem er Frau und Kinder umgebracht hatte. Alles hatte irgendwo sein Gutes.

Doch anstatt armen Kindern Schulbrote zu schmieren oder seinethalben auch dem König den Rasen zu mähen und den Rinderstall auszumisten, trug man ihm diesen Blödsinn auf. Grummelnd machte er sich auf den Weg, und noch immer grummelnd setzte er am zwanzigsten

Tage in einem beschlagnahmten Nachen über den Kackmaus, einen Nebenfluss des Styx, der sich übrigens in alter Schreibweise Kakmaos schrieb.

Am anderen Ufer saß Sokrates auf einer Bank, trank Wein und aß Rosinen. Freundlich fragte Herakles nach der Uhrzeit.

»Ich weiß, dass ich nichts weiß.«

Na toll. Herr Sokrates. Vielen Dank für die Info, vielen Dank für nichts. Er hatte ihn doch einfach nur nach der Stunde gefragt und nicht nach einer weinerlichen Selbstdiagnose im Schwarzbereich zwischen Depression und Demenz. Warum der Kasper nicht den Schnabel hielt, war Herakles schleierhaft. Denn hätte er geschwiegen, hätte man ihn womöglich weiterhin für einen Philosophen gehalten.

Hinter Sokrates krabbelte nun Odysseus aus einer Tonne und blinzelte angestrengt in die Sonne. Super, dachte Herakles halb belustigt, halb resigniert. Die beiden größten Dummies des klassischen Altertums: Der eine wusste nie, wo's langging, und der andere wusste sowieso gleich gar nichts. Es wäre vielversprechender gewesen, einen kaputten Kompass in einen Brunnenschacht zu werfen, als diese Blindgänger nach Zeit und Weg zu fragen.

Na gut, den gesuchten Tempel würde er zur Not auch noch alleine finden. Von hier aus war es im Grunde immer geradeaus die Straße runter, kurz vor Pyrgos an der Habichtbraterei rechts in den Feldweg, und dann war man schon fast da.

Am Wegesrand stand ein Schild: *Todesstrafe für Ziegenschänder* forderte die *Goldene Morgenlatte.* Besonders gehaltvoll war die Parole nicht, denn die Todesstrafe wurde ohnehin für jedes denkbare Vergehen verhängt. Da reichte es schon, wenn einer bloß mal pupte, allzumal an einem heiligen Ort. Den holten sofort die Häscher und brachten ihn zum Zwicker oder auch zum Kitzler ~~von Klitoris~~, die den Delinquenten ordentlich zwickten oder kitzelten – je nach Bedarf. Von dort führte der Schinder den Verurteilten weiter zum Henker, der ihm fachgerecht den Rest gab.

Der heiligste Ort, den man sich vorstellen konnte, war der Heilige Tempel von Echinacea. Er war die einzige Betanlage der Antike, die die höchste Heiligkeitsstufe 10 erhalten hatte (zum Vergleich: selbst die Akropolis brachte es nur auf 4,5). Man konnte ungehindert hineingehen und alles besichtigen, man konnte den Priester nach Autogrammen fragen oder rasch ein Selfie von sich und seiner Liebsten vor der berühmten Statue des Sapperlot ritzen, des Gottes des Erstaunens. Doch wer dort einen fahren ließ, war unausweichlich des Todes.

In Echinacea angekommen, mischte sich Herakles unter die Touristen und näherte sich unter dem Vorwand, er wolle sich nach einem Tempelpraktikum erkundigen, dem Priester. Der blies sich mächtig auf. Von der eigenen Wichtigkeit betäubt, merkte er nicht, wie Herakles neben ihm einen gewaltigen Koffer abstellte, um sich sofort im Anschluss davonzumachen und wieder in der Menge der Besucher unterzutauchen. In einem Säulengang fand er schließlich die Hybriden, die grimmigen Tempelwächter von Echinacea, rauchend an ein Götzenbild gelehnt. Mit gespieltem Entsetzen unterrichtete er sie von der Freveltat und führte sie zum Priester. Dieser stocherte sich gerade seelenruhig das Mittagessen aus den Zähnen. Er ahnte gar nicht, wie ihm gleich geschehen sollte.

Die Hybriden schnupperten: Kein Zweifel: Es stank. Sie schnappten sich den heiligen Strolch, sosehr er auch zappelte und seine Unschuld beteuerte. Denn natürlich wusste er, was ihm blühte – das entsprechende Gesetz hatte er schließlich selber erlassen. Am Ausgang in des Herakles feixendes Gesicht zu blicken, war jedoch die allerschlimmste Strafe.

»Auf Wiedersehen«, flötete Herakles und verbesserte sich gleich darauf: »Ich meine: Sterbewohl!«

Er trat aus dem Tempel und wollte sich soeben auf den Heimweg machen, als seine scharfen Halbgottaugen eine sphärisch leuchtende Gestalt erspähten, die im Schutze des Geräteschuppens eine Irdische im Liebesspiel umschlang (»vögelte« hätten Schmutzfinken wie Perfides oder Ares wohl dazu gesagt). Das schien bei Zeus fast so ein Muster zu sein: jung, brünett, irdisch, Stupsnase und innere Labien, die einer aufgeblühten Rose ähnelten.

Herakles befiel ein nervöser Reizhusten. Das blieb nicht unbemerkt. Hastig entzog sich die Frau ihrem göttlichen Liebhaber, warf sich eine goldbesternte, blaue Tunika über die Blöße und huschte mit glühenden Wangen davon. Zeus schmatzte ihr lässig einen Luftkuss hinterher und bedeckte seine Scham aufreizend langsam. Herakles wandte die Augen ab.

»Europa«, seufzte Zeus genießerisch. »Eine Hammerbraut.« Er schnalzte ordinär mit der Zunge. Als er Herakles' Miene sah, glitt die zur Schau getragene Souveränität von ihm ab. Hatte er eben noch wie ein brünstiger Stier gewirkt und auch so ausgesehen, so schien sich nun ein ertappter Schuljunge zu rechtfertigen.

»Das ist alles völlig in Ordnung hier. Hey! Alles im grünen Bereich. Okay, du denkst ja jetzt bestimmt mal wieder Wunder, was für ein Arsch ich bin. Wegen der ganzen Gerüchte, die deine Mutter und dieser Humor überall verbreiten. Aber denk doch mal vernünftig nach: Willst du der Lügenpresse im Ernst mehr Glauben schenken als dem Göttervater?«

»Na ja.« Herakles räusperte sich. Das Gespräch gefiel ihm nicht. Sollte sein Dad doch daten, wen er wollte, solange er ihn nur mit seinen dämlichen Ausflüchten in Ruhe ließ.

Doch der legte nun erst richtig los. »Um das mal klarzustellen: Das geht alles von den Mädels aus. Von meiner Seite läuft da gar nichts. Null. Höchstens, dass ich vielleicht mal zu weich bin, um laut genug ›Nein‹ zu sagen. Weil, du darfst natürlich eins nicht vergessen: Ich bin Zeus. Der oberste Olympier. Das ist sexy, das ist geil, das ist hot. Logisch, dass das potentielle Groupies anzieht. Aber normalerweise würde ich daraus niemals Profit …« Er schnaubte entrüstet. »… Ich meine, hallo?! Meine Frau ist Hera. Der bin ich treu. Selbstverständlich. Aber Hera sagt, ich soll ruhig machen, das wäre jetzt echt nicht so das große Ding für sie. Ich mein …«, Zeus blickte sich kurz um, als fühlte er sich beobachtet, »… du glaubst das vielleicht nicht, weil du sie anders kennengelernt hast, deshalb muss ich hier ein bisschen weiter ausholen. Das bleibt jetzt aber bitte unter uns, ja?«

»Klar.« Herakles war verwirrt.

Listig fuhr Zeus fort: »Um es kurz zu machen: ~~Hannelore~~ Hera ist krank. Sehr, sehr krank. Postulierende Petunia Praefix oder so. Sex wäre für sie lebensgefährlich, und dann haben wir eben ausgemacht, also sie hat gesagt – da war ich natürlich selber total überrascht –, also von mir aus hätte ich ja nie, ich brauch den Mist ja auch nicht unbedingt, hat sie also gesagt, dass für diese rein körperlichen Bedürfnisse … Es war nun doch ein rechtes Gestammel … also hat sie mir quasi grünes Licht gegeben. Hat mich richtiggehend ermuntert. Zuerst wollte ich natürlich nicht. ›Niemals‹, habe ich gesagt. Allein die Vorstellung war mir geradezu widerwärtig. Dieses reduzierte Fleischliche, das macht mir grundsätzlich Angst. Aber sie hat voll darauf bestanden. Hauptsache, ich bleibe bei ihr, hat sie gemeint, damit wir das zusammen durchstehen. Und dass sie ja auch will, dass es mir gutgeht und muh und mäh und was das schon an unserem großen Projekt ändern würde, wenn ich mir ab und zu ein kleines Flittchen gönne. Ich konnte ihr das beim besten Willen nicht ausreden. Und dann hab ich's eben gemacht. Ich denk dabei natürlich immer an sie. Logisch.«

»›Kleines Flittchen‹?« Herakles, dessen bisheriger Informationsstand mit dem Gesagten alles andere als deckungsgleich war, stutzte. »Redest du hier auch von meiner Mutter?«

»Das sind natürlich Heras Worte«, entgegnete Zeus eilig. »Ich hab sie jetzt bloß zitiert. Um Gottes willen, nein! Niemand ehrt die Frauen mehr als ich. Und Alkmene war natürlich kein Groupie. Ich schätze mal, sie war einfach nur besoffen. Wie üblich. Die hat mich ja fast vergewaltigt. So hilflos habe ich mich selbst noch nie erlebt. Ich habe geweint.«

Herakles schien fast überzeugt. Ein paar Fragen hatte er allerdings noch. »Aber warum hast du dich denn dann verkleidet? Und auch noch als ihr Ehemann?«

Zeus, der sich fast am Ziel wähnte, gab sich verständnisvoll. »Ich finde es absolut in Ordnung, dass du die Dinge gründlich hinterfragst. Vollkommen korrekt. Hier der Vater, dort der Sohn, da die Fragen. Das ist der Lauf der Welt, so muss es sein. Und mir ist ja selber am allermeisten daran gelegen, mit diesem Gossip aufzuräumen. Aber die Antwort ist wirklich superbanal: Ich bin damals gerade von der großen Olymp-Faschingsparty gekommen, auf die ich als Amphitryon gegangen bin. Und da hatte ich die Sachen eben noch an, als sie mir zu Hause in ihrem Bett aufgelauert hat.«

Wieso »zu Hause«? »In ihrem Bett«? »Aufgelauert«? Na, egal – alles würde ohnehin nie ganz geklärt werden können. Vorerst war Herakles zufrieden. Er war froh, sich wenigstens mit einem seiner Väter einmal richtig ausgesprochen zu haben.

Den Kretischen Klops mit einem Riesenhapps verschlingen

Die *Taverna Dionysos* war der krasseste Grieche in ganz Chania. Und das wollte was heißen, schließlich gab es in der Polis fast nur griechische Restaurants. Lediglich das spartanische Lokal *Zum Schmalhans* hielt mit seinen Spezialitäten Wasser, Brot und Blutsuppe die Fahne des Exotischen hoch.

Sobald ein Gast die Taverna betrat, gab es als Allererstes einen »Ouzo aufs Häuschen«, wie sich Wirt Ioannis auszudrücken pflegte. Den dichten schwarzen Schnauzer zwirbelnd, tänzelte er durch sein Reich und jonglierte überladene Teller mit steinharten Souvlaki, fettigen Gyrosfetzen, zähen Lammkoteletts sowie der »Grillplatte Dionysos für zwei Personen«, bestehend aus Souvlaki, Gyros und Lammkoteletts, zwischen den unbequemen Holzstühlen hindurch, auf denen die Gäste mit den halb verkohlten Fleischabfällen kämpften.

Dennoch war die Taverna stets gut besucht, denn die anderen Griechen waren auch nicht besser, zum Spartaner wollte keiner gehen, und eine original minoische Spezialität hatte Ioannis immerhin zu bieten: den Kretischen Klops.

Besagter Klops maß gut und gern fünfzig Kubikdezimeter und bestand aus dem Hack von Rind, Schwein, Lamm, Esel, der neunköpfigen Hydra, der Kerynitischen Hirschkuh, dem Erymanthischen Eber, den Stymphalischen

Vögeln, den menschenfressenden Rossen des Diomedes sowie der Elliptischen Elster von Epiphanos. Überbacken war er mit rechtsdrehendem schwerem Käse, fettem Speck vom Hängebauchwalross (Importware aus Kaurismakkilainenpoppanttalä) sowie Röstzwiebeln und schwamm in einer Soße aus Sahne, Kalamata-Öl, Erdnussbutter und hundertzwanzigprozentig reinem Cholesterin.

Wer diesen Klops vollständig aufäße, so versprach Ioannis, erhalte nicht nur einen weiteren »Ouzo aufs Häuschen« zum obligatorischen Abschlussouzo dazu, sondern ihr oder ihm werde überdies die Rechnung fürs gesamte Abendessen erlassen. Noch niemals in der langen Geschichte der *Taverna Dionysos* war das zweifelhafte Kunststück einem Gast auch nur annähernd gelungen.

Auch Eurystheus, Sohn des Sthenelus und eigentlich ein berühmter Esser, war kläglich an dem Klops gescheitert, nachdem er sich zuvor noch im Kreise der Getreuen aufgeplustert hatte. Mit starrem Blick und weder in der Lage sich zu rühren noch sich zu artikulieren, musste er hernach die Demütigung über sich ergehen lassen, dass Ioannis grinsend Alufolie und Doggybag an den Tisch brachte, wo der halbe Klops in seinem Fett erkaltete.

Nun sann Eurystheus auf Rache. Und was lag in einem solchen Falle näher, als seinen persönlichen Prügelknaben Herakles ins Rennen zu schicken, auf dass der es entweder richtete oder seinetwegen auch elend daran zugrunde ginge. Eine Win-win-Situation für den verschlagenen König von Mykene.

Der leichtgläubige Herakles freute sich einfach nur, als er einen Voucher für die *Taverna Dionysos* in Händen hielt:

Gutschein für eine Person für einen Kretischen Klops sowie eine Fanta (0,2 l). Aber auch nur, wenn alles fein aufgegessen wird, und zwar auf einmal, stand darauf in fein geschwungenen griechischen Lettern zu lesen. Eurystheus war vielleicht doch gar nicht so übel. Wer gut arbeitet, soll auch gut essen, schien er sich zu denken. Ein feiner Herr, der eben Zuckerbrot und Peitsche trefflich variierte. Gründlich aufzuessen würde für Herakles – davon war er felsenfest überzeugt – die leichteste Übung sein. Seit er mit den ganzen dämlichen Arbeiten beschäftigt war, hatte er eigentlich ständig Hunger.

An einem Dienstagabend gegen neunzehn Uhr Ortszeit betrat Herakles die *Taverna Dionysos* und setzte sich allein an den letzten freien Zweiertisch beim Austritt zur Latrine. Im Gang dahinter kauerte Odysseus und spielte an seinen Zehen herum. Geschäftig eilte der Restaurantbesitzer mit der Karte und dem Willkommensouzo herbei. »Wir haben«, sagte er, »Souvlaki, Pommes, Tomatensalat, Schafskäse …«

»Einen Kretischen Klops und eine kleine Fanta, bitte«, sagte Herakles, als wär's die normalste Sache der Welt, und wies auf seinen Gutschein.

»Kretischer Klops ist alle«, sagte der Wirt, um gleich darauf eilig hinzuzufügen: »Kleiner Scherz, mein Herr …«

»Herakles.«

»… Herr Rakles, bitte sehr, natürlich haben wir Kretischen Klops. Aber die Zubereitung dauert zwanzig Minuten.«

»Kein Problem. Ich kann warten.«

Ioannis ging, um Brot, Oliven, die Fanta und Besteck

zu holen. Derweil ließ Herakles Odysseus heimlich seinen Ouzo zukommen. Seit er den Kerberos hatte, war der Halbgott in der Regel wieder nüchtern.

»Wenn ich den ganzen Klops mit einem einzigen Happs herunterschlinge, bekomme ich aber einen vierten Ouzo aufs Haus, oder?«, fragte Herakles, als Ioannis zurück am Tisch war. Er wusste, dass der siegessichere Wirt auf seinen Vorschlag eingehen würde. Auch den vierten Schnaps könnte dann seinetwegen Odysseus haben. Es ging nur ums Prinzip.

Wie erwartet nickte Ioannis froh und machte sich auf in die Küche. Während Herakles an seiner Fanta nippte, hörte man von dort nunmehr ein Hämmern und Sägen, ein Gackern und Brüllen, ein Schmurgeln und Schmoren. Zwischendurch auch Explosionen und Geräusche wie von einem heftigen Kampf. Bald danach durchzogen Gerüche den Gastraum, die alleine schon die Bevölkerung der gesamten Erdscheibe zu sättigen vermocht hätten. Sämtliche anderen Gäste verließen fluchtartig das Lokal. Nur Herakles blieb allein zurück.

Wenig später erschien Ioannis, in den Händen ein mächtiges Silbertablett, darauf der Kretische Klops. Kurz stockte dem Herakles der Atem: Gar so riesengroß hätte selbst er den Klops nicht erwartet.

»Guten Appetit.« Listig lächelnd stellte der Wirt das Tablett auf den Tisch und sich selbst lauernd daneben. Eine Rolle Alufolie ragte hinten aus seiner Tunika.

Es war offensichtlich, dass jeder normale Mensch an dieser Mahlzeit scheitern musste. Nun aber war Herakles in seiner Eigenschaft als Halbgott neben anderen übermenschlichen Skills auch mit der Fähigkeit ausgezeichnet, wie ein Python seinen Kiefer auszuhängen, um sagenhaft große Brocken in einem Stück herunterzuwürgen. Und genau das tat er nun auch: Er nahm die Platte mit dem Klops in beide Hände, schob seine Kinnlade vor und ließ den Klops in den Unterkiefer fallen, ähnlich wie man eine CD in den Player einlegt.

Und tatsächlich ertönte Musik. Die Zähne klapperten wie Congas, wie ein Fagott blies das Rektum tief hallende Pupse in den Speisesaal, und einem Kontrabass ähnlich unterlegten Rülpser in verschiedenen Tonhöhen den Verzehr mit einer führenden Grundmelodei. Darüber erklang ein zagendes Wimmern, sanft an- und abschwellend wie von einer singenden Säge. Es kam tief aus dem Inneren des Herakles, dem dazu die Kauwerkzeuge knackten und der Verdauungstrakt in den Grundfesten ächzte.

Ioannis frohlockte. Wenn der Kandidat jetzt schon derart hart am Anschlag war, würde der Klops in Kürze nahezu unversehrt die durch das Fenster hereinfallende Abenddämmerung begrüßen. Doch der Wirt hatte die Rechnung ohne den Gast gemacht. Das giftige Sekret des Wurms der Ampel von Argolis hatte die Innenwand seines Magens dauerhaft mit einer fettabweisenden und zugleich äußerst elastischen Beschichtung versehen. Man muss sich das in etwa wie eine Teflon-Latex-Legierung vorstellen. In dieses bestens präparierte Hochleistungsorgan plumpste also der Klops hinein. Dort lag er nun und rumorte. Rumorte hörbar. Doch er lag. Zehn Sekunden lang, zwanzig, dann dreißig. Ioannis hatte sich zu früh gefreut.

Herakles erhob sich mühsam vom Stuhl. »Ich geh mal zur Kuchenvitrine«, sagte er mit wackliger Stimme. »Wegen Nachtisch.« In Wahrheit aber wählte er den Ausgang. Und zwar ziemlich zackig.

Draußen kotzte Herakles als Erstes hinter einen Ginsterbusch, doch das war den Regeln nach nicht verboten. »Dreißig Sekunden drinbehalten und die Wette gilt« – so war das in der Burschenschaft »Thebenia« geregelt. Und er hatte den Klops bestimmt eine geschlagene Minute im Magen gehabt, der sich nun hörbar über seine Befreiung durch alliierte Gallensäfte freute. Aus der *Taverna Dionysos* schien das Licht auf die Bescherung und die Parkplätze. Ein Pfiff erscholl. Ioannis trug ihm drei Ouzos hinterher – zwei für den Klops und einen zum Abschied. Ein Ehrenmann, ein guter Verlierer, eine Respektsperson. Was man von Eurystheus nicht behaupten konnte, dachte Herakles bei sich, während ihm der Kerberos, der brav vor dem Lokal gewartet hatte, säuerlichen Schleim von Kinn und Tunika leckte.

Den Neppolitern von Gieros ein Schnippchen schlagen und ohne zu bezahlen über das Drehkreuz vor ihrer »Sehenswürdigkeit« steigen

»WAS soll das kosten?«, fragte Herakles und tat erstaunt. Dabei kannte er die Antwort längst von Eurystheus, in dessen Auftrag er ja schließlich hier war.

»Hundert Drachmen.« Der Kassen-Neppoliter zuckte nicht mit der Wimper. »Schüler, Rentner, Schwerbeschädigte und Halbgötter zahlen die Hälfte.«

Er war an die Empörung der Touristen gewöhnt, die dennoch in Massen herbeiströmten, um die historische Ausgrabungsstätte von Gieros zu besichtigen.

Doch was gab es da schon zu sehen: ein zerfallenes Klohäuschen, in dem die Artemis der Sage nach mal ihr Geschäft verrichtet hatte, den Tempel des Poseidon (unter Wasser, aber angeblich äußerst gut erhalten) und das Skelett einer Katze, die den Leuten als Urpferd angepriesen wurde. In den Souvenirshops boten Laden-Neppoliter von alldem überteuerte Miniaturkopien aus Ton an.

Für ihn selber wären das ja nur fünfzig Drachmen, errechnete Herakles und hätte beinahe bezahlt, denn Ermäßigungen aller Art zogen ihn stets unwiderstehlich an. Die Aussicht auf einen hübschen Rabatt hätte ihn auch zur Schwangerschaftsgymnastik gelockt. Doch Eurystheus, der hier einst auf demütigende Weise mit dem Geschäftsführer aneinandergeraten war, hatte andere Pläne.

Nur, weil er noch immer beleidigt ist, dachte Herakles bei sich. Anstatt dass er einfach nicht mehr herkommt oder zur Not noch eine schlechte Beurteilung auf die Heimseite der Neppoliter meißelt. Stattdessen verhielt er sich mal wieder wie ein kleines Kind.

Unser Blitzmerker war sich zu Beginn seines vorletzten Jobs nun endgültig sicher, dass derartige Arbeiten überproportional vertreten waren: Irgendwer hatte Eurystheus gekränkt, übers Ohr gehauen, angerempelt oder nicht gegrüßt, und Herakles sollte das dann rächen. Es war so peinlich. Lieber hätte er in einem Spartanischen Imbiss nach einer Wildlachssemmel gefragt, als in einer Tour die kleinlichen Rechnungen dieses Soziopathen zu begleichen.

»Fünfzig Drachmen also«, sagte Herakles gedehnt und wippte auf den Hacken vor und zurück. Wer ihn kannte, wusste, dass sich mit dieser Bewegung auch sein Zorn aufschaukelte. »Das soll ja wohl ein Witz sein.«

»Dann lachen Sie doch«, empfahl der Neppoliter frech, der ihn nicht kannte, aber gründlich kennenlernen sollte. »Wenn Sie damit fertig sind, können Sie wiederkommen. Und es wäre schön, wenn Sie's dann passend hätten.«

Herakles lachte kurz. »Bin schon fertig«, sagte er und kletterte behände über das Drehkreuz. Für einen sportlichen Halbgott wie ihn war das ein Leichtes.

»Sagen Sie mal: Hallo? Was ist denn hier los? Würden Sie vielleicht wie alle anderen zur Kasse gehen und sich ein Ticket kaufen«, herrschte ihn der Angestellte an. »Hundert Drachmen für Vollzahler, fünfzig ermäßigt und dreihundert für eine VIP-Tageskarte mit Candlelight Lunch und mehrsprachiger Führung durch die ›Grotte des Nichts‹.«

»Deine Birne ist auch so eine Grotte des Nichts.« Herakles wippte nunmehr so heftig wie eine Euböische Espe im Wirbelsturm. Es war auch diese alberne und unkorrekte Verwendung des Wortes »Hallo«, die sich so etwa seit zwei-, dreitausend vor Christus zunehmend in die Umgangssprache einschliff, die noch seine Wut erhöhte.

Der Kassenheini missdeutete die Zeichen. Offenbar dachte er, sein Gegenüber hätte Angst vor ihm. »Sie wissen, dass in Gieros auf das widerrechtliche Eindringen in staatliche Sehenswürdigkeiten der Tod steht?«

»Mir doch egal. Als Halbgott kann ich eh nicht sterben. Wenn ich meine Gebrauchsanweisung richtig gelesen habe. Aber du dafür umso mehr.«

»Soll das eine Drohung sein?«

»Nein, ein Nachruf.« Herakles verpasste dem Neppoliter eine Schelle, die ihm das Genick brach. »Na sieh einer an«, murmelte Herakles, als er über die Leiche hinwegstieg. »Da hab ich's doch tatsächlich passend gehabt.«

Doch was nun? Er hatte sich die Arbeit komplizierter vorgestellt und deshalb sein Bett im Dormitory des *Thanatos Traveller* für eine ganze Woche reserviert und leider auch schon im Voraus bezahlt. Aber gut, dann hatte er eben mal ein bisschen Urlaub.

Nach einer fünfminütigen Gratisrunde durch die Sehenswürdigkeiten machte Herakles zurück im Hostel eine interessante Entdeckung: Im Stockbett über ihm lugte ein Backpacker mit hochrotem Kopf aus dem Bettbezug hervor, in den er sich offenbar verirrt hatte. Sofort erkannte Herakles den Burschen: Odysseus! Die Aussicht auf einen orientierungslosen Obenschläfer, der nachts in fremder Umgebung nicht aufs Klo fand, beunruhigte Herakles.

Doch Odysseus zerstreute die Befürchtungen des Halbgottes. Nicht nur, dass er ihn sofort erkannte und freundlich beim Namen rief, er wirkte auch darüber hinaus vollkommen klar. Selbst die Ursache der vermeintlichen Sprechstörung entpuppte sich bei näherem Hinsehen als Beißschiene aus Horn, die Odysseus wegen der, seiner unsicheren Wohnsituation geschuldeten, nervlichen Belastung trug. In wohlgesetzten Worten schilderte er dem Herakles sein selbstbestimmtes Lebenskonzept.

Plötzlich schämte sich Herakles. Seit Jahren hatten irgendwelche Hater – Göttinnen wie Athene, Dichter wie Humor oder Kyklopen wie Polyphem – gezielt Schwachsinn verbreitet: Odysseus wäre nichts als ein Spinner, ein herumirrender Phantast, eine Fledermaus mit Wachs in den Ohren. Sie mobbten ihn, weil er unbequem war und sie ihn in ihrem Innersten beneideten. Ein Freigeist, der sich weder von Menschen noch von Göttern verbiegen ließ. Für ihn war der Weg das Ziel und die Welt sein Wohnzimmer – solche Leute sind die natürlichen Hassobjekte der Engstirnigen. Und selbst er, Herakles, hatte sich ungeprüft an dem systematischen Rufmord beteiligt. Im Grunde war er doch auch nur ein Opportunist, der mit den Wölfen heulte.

Der Kleinmut schlich sich in sein Herz zurück und begann erneut sein lähmendes Werk zu verrichten. Selbst der Kerberos fiel ihm auf die Nerven. Er beanspruchte unheimlich viel Zuwendung, schiss überall hin und brauchte jeden Tag einen lebenden Löwen als Futter. Die aber wurden in Griechenland und Umgebung immer seltener.

Die Hexe. Seine kleine Hexe. Anastasia. Stasi. Die niemals die Seine werden würde. Wo war sie jetzt? Was machte sie jetzt? Wie fühlte sie sich? Bereute sie womöglich, dass sie sich von ihm abgewandt hatte, nur um sich nicht die Zunge herausstrecken zu lassen? Ach, ganz gewiss hatte sie es längst bereut und verzehrte sich nun nach ihm. Das war doch alles nur ein tragisches Missverständnis.

H + H = Love Forever, pinselte er bei einem organisierten Tagesausflug ins nahegelegene Athen in riesengroßen Buchstaben an die Akropolis. Leider wurde das Zeitzeugnis später durch die persischen Eroberer vernichtet. Große Schlaflosigkeit überkam ihn. In den Nächten trank er und weinte, trank Wein und weinte Trank. Ein herber Rückfall. Tagsüber starrte er oft stundenlang nur vor sich hin. Bekümmert leckte der Kerberos ihm die Hand. Eigentlich waren Haustiere hier verboten, doch Herakles hatte so traurig geguckt und so vehement die Einrichtung und das Personal zerschlagen, dass man schließlich eine Ausnahme machte.

Im *Thanatos Traveller* sah er die Gäste kommen und gehen. Junge Party-People aus der gesamten antiken Welt waren mit Billig-Galeeren eingetroffen: aus Kanaan, aus Etruskien, aus Schwaben. Die vorgeblichen Sehenswürdigkeiten waren für sie das Feigenblatt, hinter dem sie unkontrolliert die Sau rausließen. Während sie feierten und lärmten, saß Herakles mit ausdrucksloser Miene daneben. Gestört fühlte er sich freilich nicht. Er konnte ohnehin nicht schlafen.

Und er war wieder allein. Odysseus war längst abgereist. Wohin, wusste keiner zu sagen, doch Herakles hatte ja nun kapiert, dass es keine Geistesstörung war, die den ~~Itacker~~ Ithaker trieb, sondern die vollkommene Unabhängigkeit von allem und jedem. Er war schlicht und einfach endcool. Kein Wunder, dass sich auf der Liste seiner Nachfahren neben anderen Show- und Geistesgrößen auch James Dean, Che Guevara und der Böblinger Rapper Pussy's D. Lite finden. Herakles' namhaftester Nachkomme ist Claus Weselsky, der Vorsitzende der Lokomotivführergewerkschaft. Erstmals in seinem Leben fühlte er sich wirklich klein. Nach einer Woche voller Leere und Selbstmitleid packte er seine Sachen und begab sich zum Rapport zurück nach Mykene.

Das Arschloch von Alexandria auf den Arm nehmen

Vor seiner Abreise nach Ägypten sah Herakles noch kurz bei Prometheus vorbei, der ihn mal in einer spartanischen Kneipe ausgelacht hatte. Er hatte ihn damals nicht umgebracht, sondern sich für etwas weitaus Schlimmeres entschieden. Von seinem Onkel Hephaistos ließ er den Unglücklichen in der Systolischen Schlucht an einen Felsen schmieden. Jede Nacht kam nun ein Wolf und biss Prometheus den Pimmel ab, der über Tag dann wieder nachwuchs. Das tat ordentlich weh, aber Herakles hatte ihn ja gewarnt.

Er beglückwünschte sich zu der witzigen Idee und dazu, dass es ihm wenigstens dieses eine Mal gelungen war, die kalte Wut über die heiße siegen zu lassen. Auf diese Weise hatte er viel länger was davon. Und Prommi – so durfte er ihn nach acht Jahren gemeinsamer Bekanntschaft nennen – ebenfalls, wenngleich nichts Gutes.

»Wie geht's?«, fragte Herakles. Er hatte dem Opfer sogar eine Tüte Gummibärchen mitgebracht.

»Danke«, gab Prometheus zurück. »Muss ja. Die Geschichte mit dem Pimmel ist halt so 'n kleines bisschen doof.«

»Ja, die ist doof«, sagte Herakles mitfühlend. »Kann ich mir vorstellen. Aber geht ja nicht anders.«

»Nee, geht wohl nicht anders.« Prommi feixte schmerzverzerrt. »Strafe muss sein.«

Sie plauderten noch kurz über die letzte Niederlage der Halbgötter gegen die ~~Bayern~~ Götter durch ein klares Abseitstor von Zeus in der achten Minute der Nachspielzeit, ehe sich Herakles mit leisem Bedauern verabschiedete: »So, ich muss leider mal weiter. Nach Alexandria. Familienbesuch.«

»Zum Arschloch?«, fragte Prometheus.

»Zum Arschloch«, bekräftigte Herakles. »Ich muss es auf den Arm nehmen. Mal wieder eine von diesen schwachsinnigen Arbeiten.« Er hatte es aufgegeben, sich und anderen die Nummer schönzureden.

»Na dann viel Spaß«, beschied Prometheus. »Und grüß schön.«

»Mach ich.« Herakles winkte. »Halt den Pimmel steif.«

»Mann, bring mich doch bitte nicht zum Lachen.« Der Gemarterte grinste schief. »Das tut dann nur noch mehr weh.«

Doch Herakles konnte ihn schon nicht mehr hören. Er befand sich längst auf dem weiten Weg nach Alexandria, wo sein Bruder Iphikles die Taufe seines ersten Sohnes feierte. Und er, Herakles, war zum Taufpaten auserkoren. Er freute sich darauf, den Bruder nach langen Jahren wiederzusehen und auch dessen Frau Dromeda kennenzulernen.

Als Herakles die ägyptische Küste erreichte, sah er Iphikles, der dort als Leuchtturmwärter arbeitete, schon von Weitem winken. Wie so viele Griechen war er nach Ägypten ausgewandert, weil es hier einfach mehr Jobs gab. Allein für den Bau riesiger, oben sich spitz verjüngender Häuser ohne Fenster wurden zahllose Arbeitsmigranten benötigt.

Bei allen Nachteilen wie der langen Anfahrt, die ein tägliches Pendeln unmöglich machte, und dem schwer zu erlernenden Sprechen in Hieroglyphen, war das Land doch die deutlich weiterentwickelte Hochkultur. Sie hatten sogar eine Art Papier, und Herakles genoss es, sich ausnahmsweise nicht mit Marmorplatten den Hintern abzuwischen. Die Geschlechterrollen waren allerdings noch traditioneller verteilt als in Griechenland und vor allem auf dem Olymp, wo knallharte Hennen wie Hera und Athene selbst den Kriegsgott das Schlottern lehrten.

Dromeda war nett und bemüht. Sie begrüßte ihren Schwager herzlich und präsentierte ihm stolz das Neugeborene. Jung war sie, viel jünger als sein Bruder, der – der Halbgott registrierte es mit Schaudern – für einen frischgebackenen Vater reichlich grau war. Diese Sterblichen hielten sich einfach nicht gut, und Iphikles war nun mal einer, als Sohn des Amphitryon und der Alkmene. Herakles hingegen konservierten die Göttergene zuverlässiger als jede Anti-Aging-Creme. Jeder, der ihn sah, hätte den mittlerweile Neunundvierzigjährigen locker auf Anfang zwanzig geschätzt.

Während sich Iphikles nun, munter auf die Schicksale zahlloser Seeleute pfeifend, eigens ein paar Tage freigenommen hatte, um den Besuch durch Kneipen, Bordelle und andere Highlights der Hafenstadt zu führen, blieb Dromeda brav zu Hause und stopfte seine Tuniken. Dabei wäre es ein Leichtes gewesen, für ein paar Stunden einen Babysitter zu bekommen. In Ägypten gab es bestimmt genügend Leute, die lieber eine Wiege geschaukelt hätten, als in der Gluthitze riesige Steinquader durch den Sand zu schleifen.

Die Selbstaufgabe der Schwägerin verblüffte Herakles. Seine Ex Megara war im Vergleich superemanzipiert gewesen. Allzumal im Kontext einer Epoche, in der es schon als feministisches Statement galt, sich nicht klaglos vergewaltigen zu lassen. Ach, Megara: Die war eigentlich schon klasse gewesen, so auf ihre Art. Jammerschade, dass es so ein scheußliches Ende mit ihr genommen hatte. Das hatte sie nicht verdient. Und er selber ebenfalls nicht.

Die Zeremonie war schlicht. Christentum, Islam und Buddhismus gab es noch nicht, die kleinen Griechen wurden olympisch getauft. Die Götter der Ägypter wiederum waren Tiere, Himmelskörper oder liefen sogar mit einem Mordsständer herum, was in Griechenland aber mal so was von gar nicht gegangen wäre. Lieber betete man dort ein Heer von Lügnern, Luden und Luschen an. Die Alexandriner waren tolerant und nahmen den Irrglauben ihrer Gastarbeiter mit gnädiger Geringschätzung hin.

Herakles, der den Säugling bei der Feier im Arm trug, zog eine Entenschnute, die das Kind belustigen sollte. Dazu schrie er mit hoher Stimme: »Ja, du kleiner Scheißer, ja, was bist du denn für ein kleiner Scheißer, ja, was bist duu denn für ein kleines Scheißerle, dudududu, du süßes kleines Arschloch!«

Natürlich meinte er das nur zärtlich. Alle lachten. Unschuldig strahlte der kleine Junge aus seinen babyblauen Augen. Keiner besprenkelte ihn mit Wasser oder tat ihm sonst etwas zuleide. Man trug die Kinder auf einer Art Suppenteller einmal durch den Raum, gab ihnen einen Namen und fertig war die Laube. Das hatte sich der kinderfeindliche Eurystheus sicher anders vorgestellt, als er diese Arbeit befahl: wie Herakles mit seinem starken Arm den Säugling unter Wasser drückte, während um ihn herum die Gesellschaft hilflos schrie. Es war im Grunde ein Skandal, dass so ein Drecksack auch noch König war.

Spät am Abend, als alle anderen schliefen, nahm Herakles das Arschloch, das nun Iolaos hieß, noch einmal auf den Arm und trug es die Turmstufen hoch bis zum Leuchtfeuer. Unterhalb der Brüstung warben riesige Reklametafeln für Erlebnispyramiden. Wegen dieser Zweckentfremdung hatte der Leuchtturm auch seinen Weltwunderstatus an (welch besondere Schmach!) ~~Kassel~~ die Bombastische Bimmelbahn von Babylon verloren. Doch wenn man oben stand, musste man den Schandfleck zum Glück nicht sehen.

»Guck, kleiner Mann«, flüsterte Herakles und wies mit dem Finger in die dunkle Nacht hinaus, wo auf leichter Dünung die Feuerschiffe wogten und die Lichter tanzen ließen. Das Arschloch giggelte fröhlich. Obwohl sich ihm dabei ein langer Speichelfaden aus dem zahnlosen Mund abseilte, ergriff bislang ungekannte Herzenswärme von Herakles Besitz. So ein Kind war schon was Schönes. Und wenn es das eigene, Teil seines Fleisches und Teil des Fleisches einer geliebten Person wäre, wie sehr würde er es lieben, wie sicher beschützen! Er schluckte an einem fetten Kloß in seiner Kehle, der diesmal kein kretischer war. Dachte an die süße kleine Hexe. Dann erneut an Megara. Kurz auch an Sarkaste und die Megascharfe Maus von Milo. Und nicht zu vergessen die sagenhafte Vagina, Tochter des Herpes von Pistazien: Eine Million Menschen – ein Fünfzigstel der gesamten Weltbevölkerung – hatten sich gegenseitig den

Schädel eingeschlagen, bloß weil unklar war, wer denn nun offiziell mit ihr ging. Jetzt wohnte sie wohl wieder bei ihrer Mutter. Also Topschnallen satt. Es wäre sowieso besser, mehrere Eisen im Feuer zu haben, denn nicht jede Schmelzung konnte perfekt gelingen.

Allerdings wurde es langsam Zeit. So viele Jahre hatte er mit den Arbeiten verplempert. Auf einmal dämmerte es ihm, dass er nun frei war. Wie oft hatte er sich diesen Moment als ein Schaumbad grenzenloser Erleichterung ausgemalt. Vergleichbar mit dem Augenblick, da einem der Zahnreißer den Latz abnahm und »so, jetzt noch einmal kurz ausspülen« sagte. Und nun, da die Stunde, auf die er so lange gewartet hatte, gekommen war, erfüllte sie ihn mit erstaunlicher Gleichgültigkeit.

Die Tage mit der Familie waren schön gewesen. Sein Blick war vom Vorübergeh'n der Arbeiten müd geworden. Im Grunde wusste er nicht mehr, wohin mit sich.

Er brachte Iolaos zurück zu seinen schlafenden Eltern und legte ihn in die Wiege. Dann packte er seine Sachen und machte einen spartanischen Abgang.

Zurück in Mykene begab sich Herakles durch den Dienstboteneingang in den Palast des Eurystheus, um ihm die erfolgreiche Erledigung der vierundzwanzigsten Arbeit zu verkünden. Das war ja wohl die letzte, oder? Er war doch nun frei. Oder nicht?

Mehrere Stunden saß er auf einer harten Bank im dunklen Gang vor dem Arbeitszimmer des Königs, bis er endlich eingelassen wurde. Als er eintrat, blickte Eurystheus kurz von seiner Zeitung hoch.

»Was gibt's?«

»Die letzte Arbeit ist vollbracht«, sagte Herakles und trat von einem Fuß auf den anderen.

»Welche Arbeit?« Eurystheus wirkte verblüfft.

»Ich habe das Arschloch von Alexandria auf den Arm genommen.«

»Wen?«

»Na, das Arschloch von Alexandria.«

»Warum? Was ist denn das jetzt für ein Quatsch?«

»Das war doch dein Auftrag. Der letzte von vierundzwanzig.«

»Ja, richtig.« Der Herrscher wirkte zerstreut. Besann sich dann aber. »Also danke noch mal«, sagte er leichthin, als habe der andere ihm die Kaufhaustür aufgehalten.

»Da nich für«, erwiderte Herakles matt. Er hatte keinen Sektempfang erwartet, aber vielleicht doch wenigstens zwei, drei wohlgesetzte Worte der Anerkennung. War das nach all den Jahren der treuen Plackerei zu viel verlangt?

Für einen kurzen Moment hatte es auch tatsächlich den Anschein, als wolle Eurystheus ihm die Hand reichen. Aber nur fast, dann wandte der sich ab und wieder wichtigeren Dingen zu: Die *Mykener Morgenpost* zeigte auf Seite eins ein Bild der, wie die Unterzeile glauben machte, *jungen Tempelassistentin Athina, 21* in knappem Bikinihöschen. Darunter stand: *Athina ist ein nachdenkliches Mädchen. Wenn sie sich nicht gerade am Strand von Moussaka nahtlos bräunt, beschäftigt sie sich am liebsten mit Mathematik, Philosophie und homöopathischer Heilkunde. Einen festen Freund hat sie noch nicht, denn sie ist sehr zurückhaltend und er soll auf jeden Fall der Mann fürs Leben sein.*

Sonst war offensichtlich nichts passiert. Doch Eurystheus wusste es besser. Es war seine bewusste Entscheidung, die Leute nicht mit Kriegen oder Hungersnöten zu beunruhigen. Er machte die Nachrichten. Er *war* die Nachrichten. Er war der König. Das Leben war schön.

EPILOGOS

Aber da war ja noch die Hexe. Selbstverständlich hatte Herakles seinen Misserfolg zu vertuschen versucht. »Tausendmal hab ich ihr meine Zunge sonst wohin gesteckt«, hatte er gegenüber Göttern, Halbgöttern und anderen Zuhörern machohaft geprahlt, doch der Brustton seiner Prahlerei blieb schwach. Zu sehr schnürte der Kummer ihm die Kehle zu, zu oft ließ die Erinnerung seine Stimme versagen. Immer noch, selbst jetzt, nach Beendigung der Arbeiten. Nach ihrer Beendigung?

In seiner seelisch instabilen Verfassung hatte er es in den Nachverhandlungen mit Eurystheus natürlich schwer, als der von seiner Zeitung wieder aufblickte. Was Athina wollte, wusste er nun. Aber was machte dieser Herakles noch hier? Er hatte gedacht, der wäre längst weg. Zum Glück, denn mittlerweile fiel ihm das Ausdenken immer neuer Quatscharbeiten schwer. Auch ödete ihn der redundante Spaß schon lange an.

»Was gibt es denn noch?«, herrschte er den Halbgott an.

»Wegen der Hexe.«

»Ja?«

»Zählt das jetzt als getane Arbeit oder nicht?«

»Wieso Arbeit?«

»Na, als fertig ausgeführte Arbeit.«

»Hä?«

»Ich sollte der Forensischen Hexe die Zunge rausstrecken und hab's in drei Jahren nie so richtig geschafft. Obwohl wir uns ja lange Zeit sehr nah waren. Und dann ist sie … dann hat sie …« Er verstummte. Tränen traten ihm in die Augen.

»Ich hätte das jetzt ganz vergessen. Danke! Nein, natürlich nicht.«

»Was nicht?«

»Die Arbeit ist nicht erledigt.« Der König schüttelte den Kopf. »Ich mein, sorry, aber das kann sich doch ein Kleinkind ausrechnen. Ich sage klipp und klar ›Streck ihr die Zunge raus‹, und der Herr streckt ihr die Zunge eben nicht raus. Was an ›Zunge herausstrecken‹ ist denn bitte so wahnsinnig schwer zu verstehen?«

»Na ja, ich hab halt gedacht …«, stotterte Herakles.

»Nichts hast du gedacht«, urteilte Eurystheus scharf.

Und das stimmte. Herakles war so blöd. Anstatt das Ganze auf sich beruhen zu lassen, insistierte der Streber hier auf irgendwelche Formalien. Da konnte Eurystheus ja praktisch gar nicht anders, sonst hätte er sein Gesicht verloren. Er war echt nicht so übel drauf, wie ihn Herakles gern darstellte, im Grunde konnte er leben und leben lassen, aber dieser dämliche, gewissenhafte, bescheuerte, megabescheuerte Halbgott zwang ihn ja dazu.

Resigniert die Augen verdrehend, wies Eurystheus dem Unglücklichen die Tür. Der war schon fast mit dem Laufzettel für seine Zusatzarbeit draußen, als dem König noch etwas einfiel.

»Und mach hier endlich mal die Kacke von dem Scheißvieh weg. Oder bring es am besten gleich dahin zurück, wo du es herhast: ins Tierheim oder in die Hölle, was weiß ich.«

Bei dem Wort »Hölle« wedelte der Kerberos freudig mit dem Schwanz. Das war allerdings auch das einzige menschliche Wort, auf das er reagierte. »Sitz!«, »Fuß!«, »Fass!« konnte man sich schenken, und stubenrein würde er auch niemals werden. Das war bei der Dunkelheit und dem Gestank im Hades ja nie ein Problem gewesen. Nun hatte man den Salat.

Und so kam es, dass Herakles noch rasch ein Häufchen beseitigte, ehe er sich an die Arbeit machte, die nun wirklich seine letzte sein sollte.

BONUS-TRACK:

Den Störrischen Sirenen ordentlich den Marsch blasen

Nur dieses eine Mal hatte es Eurystheus wahrhaft gut gemeint. Die Arbeiten waren getan und die letzten vier Aufgaben gar innerhalb eines einzigen Jahres abgehakt. Da wollte er nicht pingelig sein. Als ihn Herakles nun nachgerade nötigte, ihm noch so eine überflüssige Mühsal aufzutragen, überlegte er: Was mag wohl die leichteste Arbeit sein, die auf Erden existiert?

Die Banale Bagatelle von Brimborium hatte leider schon sein Hilfsklosettreiniger erledigt. Einfacher als die Lappalie von Larisa, der Elfmeter von Euböa und das Kephalonische Kinderspiel waren somit nur noch die Störrischen Sirenen von Sirthe. Die bliesen gerne den Marsch und ließen ihn gern blasen – die Qualität war Nebensache. Einfacher geht's echt nicht, dachte Eurystheus. Nach einem kurzen Ständchen müsste die Angelegenheit gegessen sein.

Ein großes Entgegenkommen lag schon in der Wahl des Einsatzortes. Sirthe war ein Nobelvorort von Herakles' Heimatstadt Theben. Ein kostenloser Sänftenträgerdienst verband das Haus seiner Eltern direkt mit der Villa der Sirenen. Während des kurzen Transports wurden Freigetränke und Mettbrötchen gereicht.

In Sirthe öffnete eine Dame, die an der Berufskleidung unschwer als Sirene zu erkennen war, die Tür und hielt

Herakles ein Glas Champagner hin. Man schien ihn erwartet zu haben. »Herein mit dir«, rief sie herzlich. »Die Mädels und ich freuen uns wahnsinnig auf die Zusammenarbeit. Ich bin Parthenope.« Halb schmatzte, halb rülpste sie ihm einen fetten Kuss auf die Wange und stellte ihm ihre Kolleginnen vor: die bezaubernde Thelxinoe, die atemberaubende Apnoe und die ausgesprochen flotte Diarrhoe.

In leeren Champagneramphoren qualmten Räucherstäbchen, am Kamin klimperten zwei langbärtige Germanen strukturbefreite Weisen auf dem Anästhetikon. Herakles sah sich im Schoße der Urmütter des Psychedelic Rock gelandet. Das erste Gebot ihrer Bibel lautete Lockerheit, das zweite Lässigkeit, die weiteren acht waren praktische Tipps für einen konstruktiven Umgang mit bewusstseinsverändernden Substanzen. Über das Attribut »störrisch« konnte man sich im Nachhinein nur wundern – allerdings war derselbe Agent, der in Delphi die Files ihrer Profile erstellt hatte, auch auf Manufakturen für Massenvernichtungswaffen in Sparta gestoßen.

Um den Halbgott aufzumuntern, setzten sie dem Kerberos drei komische Hütchen auf und zogen ihm eine Nadelstreifentunika an. Der gutmütige Kerl ließ sich alles gefallen. Thelxinoe juchzte, Apnoe schnappte nach Luft. Prustend kamen die Sirenen überein, Herakles ihren nächsten Auftritt als eine Art Maskottchen begleiten zu lassen. So wäre er in der Lage, ihnen aus dem Background ordentlich den Marsch zu blasen. Sollte das nicht auf Anhieb klappen, versicherten ihm die Ladys, mache das gar nichts. Im Gegenteil: Ihre loyale und begeisterungsfähige Anhängerschaft honoriere das Scheitern garantiert als ironisches

Zitat gegen allzu glatte Perfektion, wie sie die verhasste Konkurrenzband *Karthago Hotel* verkörperte.

Leider zeigte sich vom ersten Lied an, dass das nicht sein Ding war. Die stickige Atmosphäre der Location. Der verrauchte Backstagebereich. Die Hektik. Die Lautstärke. Er war es gewohnt, in der freien Natur zu agieren, im Wald, durchaus auch mal in den Betten eines Landbordells mit weit geöffneten Fenstern, durch die man die Rufe von Grasschnäpper, Briesenlorz und Sackschnepfe vernahm. Der Geruch von frisch verbranntem Benzin. Kornfelder in der flirrenden Sonne. Der Duft der Mädchen von Santorin.

Das Übrige tat ein tiefes Motivationsloch: War er die frühen Arbeiten mit Mut, Elan und Selbstbewusstsein angegangen, zagte er nun nur noch wehleidig vor sich hin. »Ich kann das nicht«, hörte man ihn wimmern und winseln. »Ich kann nichts. Ich will nichts. Ach, und wozu – ich seh in alldem keinen Sinn.«

Bei jedem Song nahm Herakles wohl die Hände an den Mund und formte sie zum Trichter – heraus kam immer nur ein klägliches Fiepen. Mit Tränen in den Augen ließ er die Hände wieder sinken. Ein aufmerksamer Psychiater hätte hier vielleicht sogar eine gewisse Genugtuung über das eigene Versagen diagnostiziert. Nach dem Motto: »Seht ihr, ich hab's euch ja gesagt.«

Einmal probierten es die gutwilligen Sirenen auch mit einer Finte: »Habt ihr das gehört? Das war doch eben durchaus ein geblasener Marsch. Und wem anders hätte der gelten sollen, wenn nicht uns? Hier ist doch sonst niemand. Bestanden, bestanden, bestanden ...« Und klatschten einander freudig ab.

In diesem Moment kehrte etwas von der alten Energie, der alten Wut in Herakles zurück. »Ich brauche euer scheißverschissenes Mitleid nicht«, schrie er. »Ich weiß doch selber, dass ich's nicht mehr bringe. Ihr seid doch von Eurystheus gekauft, damit ich diese Pseudo-Arbeit überstehe.« Doch bis zum nächsten Einsatz sackte er wieder komplett in sich zusammen. Er stand nur stumm da, ein lebendes Grabmal seiner selbst: ungepflegtes Zottelhaar, Tränensäcke wie Staubsaugerbeutel, eine Aura aus diffusem Vorwurf und Selbstmitleid umwehte ~~Ian Curtis~~ ihn derart deutlich, dass es sogar die treuen Fans der Störrischen Sirenen grauste. Schweren Herzens mussten die sich nach nur einer Show schon von ihm trennen.

Arbeits-, hoffnungs- und heimatlos machte er sich auf den Weg nach Nirgendwo. Wenig überraschend brach sich, Resultat der aufreibenden Arbeiten, nun auch eine posttraumatische Belastungsstörung Bahn. Überdies verübelte der Körper den jahrelangen Raubbau und ächzte unter den Spätfolgen: Da war der Tinnitus vom Gebrüll des Cholerischen Quatschkopps. Dann der schlecht verheilte Tripper, den ihm die Hexe angehängt hatte. Dazu kamen Toxoplasmose, Flöhe und ein Bandwurm, denn im Umgang mit dem Kerberos, dem Krassen Köter von Korinth sowie der Gundula wären Schutzhandschuhe sicher nicht die schlechteste Idee gewesen. Wenigstens war er als Halbgott gegen Tollwut immun, auch wenn sein Verhalten oftmals eine andere Sprache sprach.

Herakles war sehr müde. Am Rande einer Lichtung ließ er sich erschöpft zu Boden sinken und pfiff nach dem

Kerberos, der mit den Eichhörnchen zwischen den Bäumen herumtollte. Was nun kam, würde schwer sein, doch es war notwendig. Er kraulte den Kerberos zwischen den Ohren und öffnete die drei Halsbänder.

»Geh, mein Dicker. Du bist frei.« Herakles' Stimme war belegt. Er hob den Blick und sprach in die Ferne, wo nur die Gesprächspartner Niemand, Keiner und Schizophrenos der Ältere lauschten. »Charly, mein Bruder. Bitte diese guten Menschen, noch einmal das Lied von der Königin des Himmels zu singen. Winnetou ist ein Christ. Lebe wohl!«

Er schien im Fieber zu sprechen. Der Höllenhund winselte und leckte ihm die Hand. Das Herrchen war heute irgendwie komisch. Kerberos verstand nicht, was vor sich ging. Das war allerdings nichts Neues. Die Intelligenz derjenigen Tiere, die sich dem Menschen rückhaltlos unterwerfen, wird von jeher wie durch eine rosarote Brille verklärt. Dabei sind es doch gerade Eigenschaften wie Unabhängigkeit und Freiheitsdrang, die auf geistige und emotionale Kompetenz hindeuten.

»Lauf endlich«, fauchte Herakles mit schwacher Stimme und zog seinen Sinupreth unter der Tunika hervor. Jetzt erst verstand Kerberos.

Er lief los, ohne zu wissen wohin. Rasende Trauer vernebelte sein Gehirn. Aber was hieß schon Gehirn? Die halbe Unze Grips, die ihm zur Verfügung stand, reichte eben aus, um sich am Horizont noch einmal umzudrehen und einen letzten Blick zurück auf sein Herrchen zu werfen. Könnte aber auch ein Baumstumpf gewesen sein – sein Sehvermögen war ebenfalls mäßig. Dann trabte er weiter und verschwand.

Unter einer Eiche legte sich Herakles zum Sterben nieder.

Schrieben wir gerade *Sterben*? Das ging natürlich nicht, so sehr er sich auch mühte, die Luft anhielt, sich mit einem Felsbrocken am Fuß im nächsten Teich versenkte oder den Sinupreth ins Herz hackte wie ein Specht den Schnabel in das spröde Holz. Nichts war's mit dem Abnibbeln. Er war nun mal ein Halbgott, noch dazu mit Sonderkonditionen, daran hätte er ja auch denken können. Zornig brüllte er seinen geballten Frust gen Olymp. Dort würde nun bald sein neues und endgültiges Zuhause sein. Das »Auffahren«, wie man das Beamen im spirituellen Kontext zu nennen pflegte, wäre sicher noch ein spannendes Erlebnis. Doch oben in diesem Wolfsburg der klassischen Antike angekommen, wartete dann nur ewige Langeweile bei unsterblichen Idioten. Na, vielen Dank für nichts. Um wie vieles lieber wäre er doch tot gewesen! Wie rasend heulte er ein weiteres Mal auf.

»Wow, Alter, du bist ja so richtig gut drauf.« Ob des Halbgotts blinder Wut unbemerkt, war eine so schmutzige wie bunte Gestalt an ihn herangetreten. An seiner Seite wedelte ein plumper Vierbeiner begrüßend mit dem Schweif. War der Kerberos etwa zurückgekehrt?

Nein. Es war der Krasse Köter von Korinth, und neben ihm der Pöbelnde Punk von Pergamon. »Kann ich vielleicht die leere Amphore haben?«, fragte der und deutete auf das fast geleerte Gefäß mit Nektar der Geschmacksrichtung Stierblut-Birne, das neben Herakles im Gras lag.

Er konnte.

REGISTER

Äskulap war ein Sohn des Apollon. Nach dem Studium der Medizin an der TU Böotien trat er seine erste Assistenzarztstelle im Militärhospital Troja an. Er war später der Erste (und Letzte), der eine Therapie entwickelte, die Tote heilen konnte. Für den großen Reibach langte das nicht mehr, denn als ihm endlich jemand sagte, dass sich eine Giftschlange um seinen Wanderstab geringelt hatte, war es leider schon zu spät.

Alkmene war die Tochter des Windradkönigs Elektryon und Enkelin des > Perseus, Mutter von > Herakles und > Iphikles sowie Gattin des > Amphitryon. Der Dichter > Idiod, u. a. Verfasser der berühmten *Wikipedia* und größter Konkurrent des > Humor, beschrieb sie als »hochgewachsene Schönheit, die zudem klug war wie keine andere sterbliche Person« (ebd.). Im Nachhinein schwer vorstellbar, so steil, wie es mit ihr nach der peinlichen Sache mit > Zeus bergab ging. ~~Amy's~~ Alkmenes beste Freundin hieß fortan Retsina – mit ihr konnte sie Pferde stehlen, ohne sich am nächsten Tag noch daran zu erinnern. Dass sich der kleine > Herakles als ausgesprochenes Schreikind entpuppte, das erst mit siebzehn sauber wurde, machte ihr Leben auch nicht leichter.

Die **Amazonen** ließen sich von keinem Kerl was sagen. Das provozierte die Macker natürlich, allen voran > Eurystheus. In einer, ausschließlich bei > Humor erwähnten, fünfzehneinhalbten Arbeit soll > Herakles deshalb der Amazonenkönigin Krisis »einen Zaubergürtel, mit dem man in die Ferne sehen konnte« entwendet haben, also eine Art frühe Fernbedienung.

Amphitryon hatte Sandalengröße Delta, was ungefähr der deutschen 48 ½ entspricht. Der gutmütige Tropf war Gatte der > Alkmene und Vater der Zwillinge > Iphikles und > Herakles, wobei Letzterer jedoch von > Zeus gezeugt wurde. Klingt schwierig, ist aber ganz leicht.

Andromeda, Halbgöttin und Gattin des > Perseus, stand in ihrer Jugend auf Fesselspiele und kam erst relativ spät zum Fußballsport. Sie ist u. a. die Großmutter von > Alkmene, > Amphitryon und > Eurystheus. Trotz ihres Alters stand sie zum Zeitpunkt der Drucklegung dieser Zeilen immer noch als Rechtsaußen des Halbgötterteams ihre Frau.

Aphrodite, die Cousine der Megascharfen Maus von Milo, war nicht ganz so scharf wie besagte Verwandte. Dafür hatte sie Abitur und musste nicht wie jene in einer Kneipe jobben. Als offizielle Liebesgöttin war sie stattdessen für Olympische Schaumpartys, Partnerschaftsberatungen und künstliche Besamungen zuständig.

Ares war ein Sohn des > Zeus und der > Hera. Er konnte Karate, war Kriegsgott und Gründer des Chapters > Olymp der Hells Angels. Und hier sein Prominenten-Steckbrief in der *Olymp der Frau*: Sternzeichen: Stinktier. Lieblingsmusik: Brain Metal. Lieblingstanz: Totentanz. Lieblingsessen: Schlachteplatte mit Ambrosia. Gerne mal nackt sehen: Adolf Hitler. »Was ich mag«: Gewalt, Gewitter, Chrysanthemen. »Was ich nicht mag«: Ordnung, Sauberkeit, Versöhnung, junge Katzen.

~~Das Artemis ist ein FKK- und Sauna-Club im Berliner Ortsteil Halensee~~ Die **Artemis** war eine Tochter des > Zeus und der Leto, Jagdgöttin und Zoodirektorin der Tierparks in Theben, Athen und Friedrichsfelde. Mit ihrem silbernen Bogen konnte sie auf zwei Stadien Entfernung einer Mücke in den kleinen Finger schießen. Da sie die Pfeile hinterher nie wusch, verbreiteten sich Krankheiten wie Karies und Malaria.

Athene war die Tochter der Metis und des > Zeus. Nach dem Studium von Geographie und Geschichte auf Lehramt machte sie sich als »Göttin der Weisheit« selbständig, ein blumiger Euphemismus für nervtötende Besserwisserei.

Atlas entstammte dem Geschlecht der > Titanen und wurde nach dem erfolgreichen Putsch der Olympischen Götter (> Zeus, > Hera, > Poseidon etc.) strafweise in den Außendienst versetzt. Dort machte er sich durch das Stützen des hinfälligen Himmelsgewölbes (> Uranos) einen kleinen, aber feinen Namen.

Chaos war der personifizierte Urzustand der Welt und entsprechend hohl in der Birne. Unorganisiert, unkonzentriert und Verdacht auf ADHS. Was den Zausel jedoch nicht davon abhielt, eine Handvoll Kinder zu zeugen: Nyx (Göttin des Nachtlebens), Erebos (Gott der After Hour), > Gaia, > Tartaros und > Eros.

Charon war der Fährmann der einzigen fahrplanmäßigen Verbindung über den Styx (Grenzfluss zum > Hades). Eigentlich war er schon viel zu alt für den Job. Verfuhr sich dauernd und wurde auch schon in Seitenkanälen des Spreewalds gesichtet. Sein schelmisches Achselzucken in Verbindung mit dem Spruch »Ich hab mich mal wieder verfranst« ist dort längst legendär.

Die **Chimären** waren weder Fisch noch Fleisch noch Mensch. Man kann sich das heute kaum mehr vorstellen, aber die Toleranz für LGBT und eben auch die Transspezies-Community, der u. a. Hydra, Gundula, Sphinx, > Kentauren und der > Kerberos angehörten, war in der Antike sehr gering. Die daraus erwachsene seelische Belastung der Chimären machte sie anfällig für kriminelle Karrieren (Körperverletzung, Landfriedensbruch, Brandstiftung).

Demeter war eine Tante des > Herakles und Schwester des > Zeus. Yoga-Lehrerin und Geschäftsführerin des Bioladens *Götterspeise* auf dem Olymp. Die Göttin für Körner, Homöopathie und Esoterik wurde vor allem von den männlichen Göttern gerne als »Die Seitenbacherin« verspottet. Der Spottgesang verstummte jedoch schnell, sobald die Zähne der Spötter auf den im Müsli verborgenen Rollsplit stießen.

Der Spitzname des göttlichen Kupplers **Eros** lautete »Ramazotti« wegen seiner Vorliebe für italienische Süßspeisen. Weitere, wenig schmeichelhafte Namen waren »Sudel-Ede« oder »Der Schweinekrämer«, denn Eros betrieb auf dem Olymp einen schwunghaften Handel mit pornographischen Bildern und Schriften.

Europa soll eine Geliebte des > Zeus gewesen sein. Allerdings wurde ja auch immer viel geredet. Es gab kein Fernsehen, jeder Klatsch war willkommene Zerstreuung. So kam es, dass die einen beteuerten: »Nee, da war nix. Auf gar keinen Fall!«, während die anderen sagten: »Mann, das hat doch nun wirklich auch noch der allerletzte mitgekriegt.« Der blinde Dichter > Humor schwor jedenfalls Stein und Bein, er habe die beiden mal um vier Uhr morgens in der Phönizischen Szenekneipe *Ein Frechdachs macht noch keinen Sommer* »wie die Egel« am Tresen knutschen sehen.

Eurystheus, der König von Mykene, galt als grausam, aber auch gerecht: Wenn er einen Unschuldigen vierteilen ließ, so achtete er gewissenhaft darauf, dass dieser in vier genau gleich große Teile gerissen wurde, sodass keiner seiner vier Hunde am Fressnapf benachteiligt war. Seine oft spröde Art, die brutalen Eroberungskriege, der abscheuliche Größenwahn: Das alles war im Grunde nur ein stummer Schrei nach Liebe. Auch die ersehnte Freundschaft mit dem von ihm heimlich bewunderten > Herakles scheiterte leider stets an Kleinigkeiten.

Die **Furien** in Person der drei mythischen ~~Zicken~~ Rachegöttinnen Tara (hinter der Fleischtheke), Envelope (am Postschalter) und Clementine (Reinigungsfachkraft) hatten »gewaltige Defizite in ihrer Impulskontrolle«. Das sagten zumindest die > Grazien, die > Musen und > Zeus.

Gaia, die Mutter, Gattin und Geschäftspartnerin des > Uranos, war die personifizierte Erde. Damit trug sie einen ganzen Haufen Verantwortung. Sämtliche Versuche, die Last auf mehrere Schultern zu verteilen (Götter, Menschen, USA …), scheiterten an deren Unfähigkeit und Egoismus, Fracking nicht zu vergessen.

Die drei **Grazien** waren echte Feger. Sonst hätten die Töchter des > Zeus und der Eurynome wohl auch kaum die Planstellen als »Göttinnen der Anmut« bekommen. Sex sells, love buys – so sieht es nun mal aus. Außer Schönheit, ein wenig Billo-Charme und einer fast wütend zu nennenden Paarungsbereitschaft hatten sie nämlich nichts zu bieten und zementierten auf diese Weise das patriarchalisch-kapitalistisch geprägte Geschlechterverhältnis. So sahen es zumindest die > Furien.

Hades war der Gründer und geschäftsführende Inhaber der gleichnamigen Privatklinik für Schatten aller Schichten und Kassen. Der Bruder des > Zeus begann zunächst als einfacher Sargtischler und machte sich später mit dem Bestattungsinstitut *Hades' letzte Hilfe* selbständig. Seinen berühmten Slogan »Hadre nicht ob Opis Tod, Hades kommt und bringt's ins Lot« kannte damals jedes Kind.

Hephaistos wurde von > Hera in eingeschlechtlicher Fortpflanzung gezeugt, um der Ansteckungsgefahr durch ihren sexuell hyperaktiven Gatten > Zeus zu entgehen. Nennt ihn »Schmied« und er zerschmettert euren Schädel mit dem Vorschlaghammer, nennt ihn »Gott des Feuers« und er streichelt euch das Köpfchen. Heißt ihr ihn aber einen Künstler, so schenkt er euch eine seiner stümperhaft zusammengelöteten Scheinwaffen. Schmeißt den Tinnef erst weg, wenn er außer Sichtweite ist. Sonst geschieht das Gleiche, als hättet ihr ihn einen »Schmied« genannt.

Hera ist die Gemahlin des > Zeus und somit First Lady auf dem > Olymp. Gleichzeitig war sie auch noch seine Schwester, aber mit so was ging man damals auch ein bisschen lockerer um. Da schrie man nicht gleich ständig nach dem Kadi. > Zeus hatte ungefähr achthundert Affären, zwanzigtausend weitere One-Night-Stands sowie fünfhunderttausend Knutsch-Buddys. Doch Hera ging dann jedes Mal einfach nur joggen, duschte sich gründlich den

Schmutz von Körper und Seele und alles war wieder okay. Oder sie tötete die Nachkommen von > Zeus und seinen ~~verdammten Nutten~~ Gespielinnen – das half natürlich ebenfalls.

Herakles war ein unbedeutender Handlungsreisender, der sein karges Brot mit Reisigbesen und Schnürsenkeln für Strohsandalen verdiente. Über seine Herkunft weiß man nichts, über sein Leben noch weniger. Das einzig Markante an seiner Existenz dürfte die Namensgleichheit mit einem berühmten Halbgott gewesen sein.

Humor studierte Kreatives Schreiben und Kulturjournalismus an der Universität Hildesheim (Germanien). Anschließend ging er als Kriegsberichterstatter und Sofortbildmeißler für die *Nimruder Nachrichten* sowie die *Mykener Morgenpost* nach Troja/Pistazien. Dort erblindete er, nachdem er sich nach dem Stuhlgang mit ungewaschenen Händen in die Augen gefasst hatte (Kinder, lasst euch das eine Lehre sein!). Der Mitherausgeber des vorliegenden Buches setzte sich mit einem selbstironischen Cameo-Auftritt im Kapitel *Dem Hysteriker von Hormus ins Hirn scheißen* ein grandioses Denkmal.

Der Dichter **Idiod** stand stets im Schatten des erfolgreicheren > Humor. Weder verfügte er über dessen Fähigkeit zum Networking noch über dessen grenzenlose Korrumpierbarkeit. Aus Neid stellte er deshalb die Erblindung des Kollegen infolge eines Hygienefehlers in den Mittelpunkt seines Hauptwerks, der Gesundheitsfibel *Werke und Tage*.

Iphikles, Sohn des > Amphitryon, war ein Zwillingsbruder von > Herakles, Sohn des > Zeus. Was man heutzutage

»Patchwork« nennt, verdient angesichts solcher Konstellationen den Namen nicht.

Kentauren. Da hat der Bauer wohl des Nachts den Pferdestall mit dem Schlafzimmer verwechselt. Die wüsten Gesellen, halb Mensch, halb Pferd, veranstalten am liebsten Orgien mit Ponyspielen. »Was der Baur nicht kennt, der Kentaur verbrennt« war ein geflügeltes Wort, mit dem man die Entstehung einer negativen Dynamik auszudrücken pflegte.

Der (so lautet die offizielle Rassebezeichnung) Höllenhund **Kerberos** wurde früh von seiner Mutter getrennt. Daher stammte seine starke Neigung zu Milchtritten und Köpfchengeben, die gern als Raserei missdeutet wurde. Auch beim Erstbesitzer musste einiges schiefgelaufen sein. Erst in guten Händen (> Persephone, > Herakles) konnte er sein Potential als Wach-, Schließ- und Schoßhund abrufen.

Die **Kyklopen** waren von Geburt an einäugige Riesen. Damit kamen sie in der Regel prächtig zurecht, nur bei Tätigkeiten wie Pingpong, Federball oder Menschenklatschen, die räumliches Sehen erforderten, wirkten die sonst so selbstbewussten Kinder der > Gaia und des > Uranos merkwürdig verzagt und hilflos. Aber nett von ihnen war, dass sie umsonst Blitze für > Zeus schmiedeten.

Megara war die Ehefrau des > Herakles und kam bei einem unglücklichen Haushaltsunfall ums Leben, in dem ein Baseballschläger, ein Jagdmesser und der Holzschredder ihres Gatten eine zentrale Rolle spielten.

Die **Medusa** war als Teenager eine atemberaubende Schönheit gewesen, doch nach einem Unfall beim Versuch, das Hobbyregal *Akroterion* zusammenzubauen, blieb davon nichts mehr übrig. Jeder Mann, der bloß von Weitem ihre Fresse sah, gerann fortan zu Stein. Ein weiteres Malheur, diesmal mit dem Schlafzimmerschrank *Tetrapodos*, ließ sie endgültig den Kopf verlieren.

Die **Menschen** wurden von > Prometheus aus Langeweile erfunden. Leider erwiesen sie sich als klassische Montagsproduktion: dumm wie Brot, hibbelig wie Eichhörnchen und neugierig wie Katzen. Immerzu öffneten sie aufs Geratewohl unetikettierte Behältnisse (Büchse der Pandora, Alkohol, Atomkraft), und hinterher war das Geschrei mal wieder groß. Ebenfalls wie Katzen verstiegen sie sich häufig (Mount Everest, Matterhorn), um anschließend – das sogenannte »Gebet« – kläglich nach den Göttern zu maunzen, die ihnen natürlich weder helfen konnten noch wollten. Und als > Prometheus ihnen das Feuer brachte, damit sie sich vielleicht auch mal 'ne Suppe kochen konnten, fackelten sie damit einander als Erstes die Bude ab.

Es hieß, die Küsse dieser »> Grazien mit Brille und Notabitur« (O-Ton > Furien) schenkten Künstlern tolle Einfälle. Glaubt man jedoch den > Furien, waren die **Musen** »nichts anderes als Groupies«. Schon die Lektüre der *Mykener Morgenpost* inspirierte »zehnmal mehr als hundert Musenficks«. Das sagten jedenfalls die > Furien.

Die **Nymphen** waren geländegängige und wasserdichte Naturgeister. Die leidenschaftlichen FKK-Anhängerinnen übernahmen Baumpatenschaften, beseelten Orte und gossen die Blumen, wenn die Leute mal verreist waren. Es gab Quellnymphen, Berg- und Talnymphen, Feld-, Wald- und Wiesennymphen. Wüstennymphen gab es nicht.

Odysseus war ein legendärer Landstreicher. Bei der Schlacht um Troja hatte er derart eine auf die Mütze bekommen, dass er anschließend nicht mehr richtig nach Hause fand. Nicht wenige Quellen vermuten aber, dass er ohnehin nicht mehr nach Hause wollte. Dort hätte es eh bloß Gemecker von seiner Frau gegeben: wie er denn aussah und vor allem auch die Mütze, warum er denn nicht auf sich aufgepasst hatte und ob er noch nie etwas von Mitbringseln gehört hätte.

Der **Olymp** ist der Wohnsitz der Olympischen Götter auf dem gleichnamigen ~~Obersalz~~Berg. Die repräsentative Villa verfügte über einen Wellness-/Fitnessbereich, vierzehn Balkone und eine 24-h-Concierge. Ein weitverzweigtes Bunkersystem sowie eine Batterie Donnerkeile schützten die Götter vor einem möglichen Angriff der > Titanen.

Persephone war eine Tochter der Geschwister > Zeus und > Demeter. Kein Wunder also, dass ihr diverse Erbkrankheiten zu schaffen machten: So zwang eine Lichtallergie sie, Wohnsitz und Arbeitsplatz in den schattigen > Hades zu verlegen. Als Oberärztin dort brachte sie es mit Veröffentlichungen wie *Nicht da: Über die Psychosomatik eines Schattendaseins* zu einiger Beachtung.

Für einen Fußballer besaß **Perseus** erstaunlich viel Stil. Den schicken Schminkspiegel, den ihm seine Patentante > Athene zur Halbgottweihe geschenkt hatte, schleppte er sogar mit in die Mannschaftskabine. Für seine Mitspieler aus dem Halbgötterteam war die sexuelle Orientierung ihres Mittelfeldmotors so wenig ein Thema wie die ihres Kapitäns > Herakles. Ganz anders bei den Göttern: Provokationen wie »Schwuleus« und »Tuntikles« waren auf und neben dem Fußballplatz an der Tagesordnung. Aber natürlich stets hinter dem Rücken der beiden streitbaren Recken.

Der prominente > Kyklop **Polyphem** wurde aus reiner Ungeschicklichkeit von > Odysseus geblendet, der ihm eigentlich nur die Tür aufhalten wollte. Doch trotz eines ehrlich gemeinten »Sorry« erwies sich P. als nachtragend. Egal, ob man mit ihm über Fußball, Politik oder das Wetter sprach, quakte er einen spätestens nach zwei Minuten stundenlang mit seinem Augen-Aua voll.

Poseidon war oberster Klabautermann, Herr der Ozeane und Vater allen Meergetiers. Oft wird er zusammen mit einer »gemischten Fischplatte Dionysos« für zwei Personen abgebildet: Filet vom Schwertfisch, panierte Calamares und gebratene Sardinen. Oder aber, wie böse Zungen es ausdrücken: trockene Schuhsohlen, Dichtungsringe und versengte Lebendköder.

Prometheus war ein professioneller Pyromane, > Titan und Bruder des > Atlas. Während eines besonders verregneten Sommerurlaubs formte er aus Scheiße die > Menschen und hauchte ihnen Leben ein. »Menschenfreund, Menschenfreund«, spotteten die Götter, wo sie ihn sahen. Sie verstanden nicht, wozu er diese »Eintagsfliegen mit Hilfsmotor« erschaffen hatte. So nannten sie die sterbliche Spezies wegen einer ihrer »Erfindungen«, mit deren Hilfe sie versuchten, ihre lachhafte Eigengeschwindigkeit zu erhöhen. Dabei ließen sie außer Acht, dass sie selber ohne > Menschen, welche sie anbeteten, in ihrer Funktion als Götter obsolet gewesen wären. Kein Wunder also, dass Prometheus Götter gar nicht und Halbgötter nur so halb leiden konnte. Seine > Menschen liebte er hingegen heiß und innig – ein typischer Nerd, der hartnäckig an seinen Irrwegen festhält.

Die **Pythia** verließ noch vor Erlangen der Mittleren Reife das Mittelstufenzentrum *Alexis Sorbas* in Delphi-Lebenstedt. Nach einem Dutzend vergeblicher Bewerbungen an der Schauspielschule zu Pylos arbeitete sie zunächst als Reinigungskraft in einem Wettbüro, ehe sie sich mit einer eigenen Geschäftsidee, dem sogenannten »Orakel«, selbständig machte. Trug seitdem den Fantasy-Titel »Hohepriesterin«. Das Ordnungsamt zeigte sich trotz zahlreicher Beschwerden machtlos.

Den **Sirenen** wurde nachgesagt, sie lockten ihre Hörer ins Verderben. Das ist natürlich Blödsinn: Jedermann stand und steht es frei, den Sender zu wechseln.

Der Korinther Ex-Regierungschef **Sisyphos** deckte als erster Whistleblower der Geschichte diverse Skandale in der Götterwelt auf. Entsprechend hatten > Zeus und Co. ihn auf dem Kieker. Ähnlich dem > Herakles bekam er einen Haufen Strafarbeiten aufgebrummt, entpuppte sich jedoch als weitaus weniger talentiert als jener. Am Ende bekam er noch nicht mal die Aufgabe gebacken, einen Stein auf einen Berg zu rollen. Also einfach nur hochrollen, dort liegenlassen und Feierabend. Selbst das war schon zu schwierig für Herrn Sisyphos. Zu seiner Ehrenrettung ließ sich allenfalls anbringen, dass der Unterlegkeil noch nicht erfunden war.

Der Komiker und Philosoph **Sokrates** beeinflusste bis heute zahllose Schüler: von Platon über Immanuel Kant und Wilhelm Busch bis hin zu Cindy aus Marzahn. »Denken ist Lachen«, lautete seine berühmte Devise, »und Lenken ist Dachen.« Jeden Versuch einer Diskussion über ernsthafte Inhalte torpedierte er mit dem Totschlagargument: »Ich weiß, dass ich nichts weiß«. Die Athener Nervensäge hatte wie auch sein Kumpel > Odysseus in fast jeder Schierlingsschwemme (eine Art Heurigenlokal) der Stadt Hausverbot.

Tartaros war sowohl der Name der Sicherungsverwahrung für gefährliche Schatten im neunten Untergeschoss des > Hades als auch der ihres Abteilungschefs. Unter einer rauen Schale steckte ein weicher Kern: So konnte es durchaus passieren, dass T. zu Weihnachten einem der Lebenslänglichen (> Titanen) ein Stück Kinderschokolade zusteckte.

Die **Titanen** waren dumm und stark. Zunächst kontrollierten sie auf dem > Olymp das Rotlichtmilieu und den Handel mit Amphetaminen. Nach harten Revierkämpfen wurden sie vom Kartell der Olympischen Götter (> Zeus und Co.) verdrängt. Als Kinder der Blutsverwandten > Gaia und > Uranos brannten in ihren Köpfen längst nicht alle Kerzen, wie man das ja auch vom Hochadel kennt. Die meisten Titanen sitzen bis heute im Knast.

Uranos verkörperte das Himmelsgewölbe. Mit seiner Mutter > Gaia zeugte er die > Titanen, die > Furien und noch eine ganze Menge anderer stranger Freaks. Einer von denen, Kronos, kam damit mental überhaupt nicht klar und schnitt Uranos, als der nichtsahnend am Pissbecken der *Taverna Dionysos* stand, von hinten kurzerhand den Pimmel ab. Danach war U. nie mehr der Alte. Eine Zeit lang fuhr er noch mit einem Treppenlift nach oben, bis vor allem die Romantiker protestierten, wie peinlich das denn bitte aussähe: der hohe Himmel als bedauernswerter Pflegefall? Fortan musste ihn > Atlas stützen – so ein persönlicher Zivi kam natürlich standesgemäßer rüber.

Dafür, dass **Zeus** das oberste Wesen überhaupt war, war er erstaunlich komplexbeladen und kompensierte den > Furien zufolge sein mangelndes Selbstbewusstsein durch manische Promiskuität. Er zeugte den > Herakles und den größten Teil des Personals in diesem Buch, sofern er es nicht schwängerte. Manchmal zeugte er es auch erst und schwängerte es anschließend. Als die Griechen von ihm und seiner Gang endgültig genug hatten, brachte er sie unter Decknamen vorübergehend in der römischen Mythologie unter. Doch gegen die neuen Religionsführer konnte er auf Dauer nicht mehr anstinken: Thor, Buddha, Jesus, Allah und wie sie alle hießen. »Wir haben wenigstens noch richtig gefickt«, verklärt Zeus, von unseren Reportern im Hattinger *Seniorenstift Chronos* aufgespürt, heute die Bedeutungslosigkeit der Olympier. Ab und zu ein Komparsenjob beim Trickfilm und das war es dann schon meist für die einst so allmächtigen Götter.

DANKSAGUNG

Ich danke Prometheus für die zwei Biere, die Kippen und das Feuer. Herakles und Eurystheus für die zahllosen Interviewstunden, in denen sie mir unentgeltlich Rede und Antwort standen. Humor und Wikipedia für ihre Hilfe bei der Recherche. Athene und Sokrates für die genialen und witzigen Eingebungen. Dem Intrigen Ixos für die Vermittlung zum Berlin Verlag. Zeus für die wirksamen Baggertipps. Odysseus, der mir stets im richtigen Moment gezeigt hat, wo es langging. Der Megascharfen Maus von Milo für ihre Liebe, Geduld und Unterstützung.